Immer sind die Weiber weg

Das Buch

Auch Dichter haben Ehefrauen. Und was für welche!
Ständig mischen sie sich ein, alles wissen sie besser, und wenn
man sie wirklich braucht, sind sie weg.
Stefan Heym erzählt aus seinem Ehealltag und zeigt sich mit diesen
komischen, weisen, humorvollen und selbstironischen Anekdoten von
einer bisher unbekannten Seite. Die Geschichten, allesamt Geschenke
an seine Frau Inge, hat er über Jahre gesammelt und sie so zu einer
wunderbaren Liebeserklärung gemacht.

Der Autor

Stefan Heym wurde am 10. April 1913 geboren, er stammt aus Chem-
nitz. Als Romancier und streitbarer Publizist wurde er international
bekannt und zählt heute zu den erfolgreichsten Autoren der zeitgenös-
sischen deutschen Literatur.

Stefan Heym

Immer sind die Weiber weg

UND ANDERE WEISHEITEN

Illustriert von Horst Hussel

List Taschenbuch

Besuchen Sie uns im Internet:
www.list-taschenbuch.de

Umwelthinweis:
Dieses Buch wurde auf chlor- und säurefreiem Papier gedruckt.

List Verlag
List ist ein Verlag des Verlagshauses
Ullstein Heyne List GmbH & Co. KG.

7. Auflage 2002

© 2002 by Ullstein Heyne List GmbH & Co. KG
© 2000 by Econ Ullstein List Verlag GmbH & Co. KG, München
© 1997 by Econ Verlag, Düsseldorf und München

Umschlagkonzept: HildenDesign, München – Stefan Hilden
Umschlaggestaltung: Jorge Schmidt, München
Titelabbildung: Horst Hussel
Druck und Bindearbeiten: Ebner & Spiegel, Ulm
Printed in Germany
ISBN 3-548-60127-8

Für Inge

Inhalt

Altersweisheit 11

Russisch-Römisch 23

Jerusholayim die heilige Stadt
und wie ich hab meine Handtasche
dort verloren 37

Was es ist zu sein berühmt 51

Der Nachbar 67

Woher soll ein Mensch wissen 83

Bojberik in dem Atlantik 93

Bojberik an dem großen Fluß 107

Eine Freudsche Fehlleistung 125

Das Tischchen 139

Grüne Männerchen 153

Eijze vom lieben Gott 165

Die Computer-Frau 175

Immer sind die Weiber weg 189

Nachbemerkung. 203

Worterklärungen 207

Altersweisheit

Da kommen die Leut nun zu mir und wollen wissen über ihre Probleme weil ich doch schon so viel Jahre auf meinem Puckel hab und meine Altersweisheit, wie man so sagt, und ihnen schwankt der Boden unter den Füßen und Perspektive haben sie auch keine und keine Sicherheit mit den Arbeitsplätzen und den Renten und Mieten und der Zukunft überhaupt, dafür aber Rinderwahnsinn und kriegen Schwamm in ihren Gehirnen, wenn sie ihr Hamburger-Sandwich in sich hineinschlingen bei Macdonalds, und Aids und Kriminalität von den Kindern schon, aber wer hilft mir mit meinen Problemen?

Was soll ich noch haben für Probleme, werden Sie fragen, wenn der große Recycler schon steht um die Ecke und nur darauf wartet, mich recyceln zu lassen von den Würmern unten oder den Engeln oben, je nachdem? Ich werd Ihnen erklären. Laufen Sie mal rum mit einer künstlichen Hüfte, und zu Haus auf meinem Bücherregal hab ich meinen alten herausgemeißelten Hüftknochen stehen in einem Einweckglas was ist gefüllt mit Formaldehyd, damit mein Knochen frisch bleibt und ich ihn mir ansehn kann manchmal vor unserm Abendessen und daran denken, was der Mensch doch ist für ein gebrechliches Wesen. Und wenn ich dann spazieren geh mit meinem Weib nach unserm Abendessen weil ich meinen Kopf auslüften muß mit Sauerstoff und sie sagt schlepp deine Füß nicht so lauf anständig gefälligst wie ein Mann und mit aufrechtem Gang was du hast den Leuten immer gepredigt, das ist vielleicht kein Problem?

Und überhaupt, wenn einer ist wie ein wandelndes Ersatzteillager hat er Probleme von morgens wenn er aufsteht mit Müh und mit Not nachdem er sich hat den Blutdruck gemessen mit einem kleinen Meßgerät um sein Handgelenk herum und weiß wieviel Pillen er schlukken muß damit er nicht plötzlich einen Schlaganfall kriegt, bis abends wenn er hineinfällt in

12

sein Bett nachdem er all seine Ersatzteile ordentlich hingelegt hat an ihren Platz und an Ort und Stelle so daß er sie auch kann wieder finden und nicht herumrennen muß wie ein Meschuggener und sie überall suchen in der Nacht, im Fall er sie brauchen sollt, oder am nächsten Tag.

Natürlich die Linse bleibt drin, die der Professor in München mir eingebaut hat in mein Auge, mein einziges, nachdem ein andrer Professor in der Hauptstadt Berlin mir das andre Auge ruiniert hat bei der gleichen Operation, aber Ersatzteil ist Ersatzteil, und jetzt sorg ich mich, daß nur nichts schlägt gegen mein einziges sehendes Auge wo mir das doch schon passiert ist neulich und ich einen schlimmen Bluterguß gehabt hab und eine Wunde an meinem Lid und hab herumlaufen müssen mit einer großen dunklen Brille wie ein Gangsterboss und ein Herr von der Serie Tatort im Fernsehen hat mir angeboten, ich soll in der Serie so einen alten weisen Gangsterboss spielen welcher nur dasitzt und schnippt mit dem Finger und schon wird umgelegt ein Polizeier oder einer von einer anderen Gang.

Oder mit meinem Gehör. Es ist nicht so schlimm wenn einer ist ein bissel taub er erspart sich einen Haufen dummes Gerede; erst wenn einer ein bissel taub ist weiß er wieviel dummes Gered die Menschheit von sich gibt im Lauf von einem Tag und am Abend erst recht. Ich hab einen großen Dichter gekannt welcher war ein bissel taub und der hat mir erzählt wie ich noch jung war wie er immer abgestellt hat sein Hördings wenn er hat zu einem Clubabend gehen müssen oder einem Meeting oder einer öffentlichen Lesung und so sich hat konzentrieren können auf die Gesichter von den Leuten und sich ein Bild machen von was sie sind in Wirklichkeit nämlich eine ziemlich bornierte Gesellschaft mit einem Haufen Getu und Gemach und mit Ambitionen.

Und hab ich nicht gewußt daß ich auch mal kommen werd in seinen Zustand wo ich nur hör was durchdringt durch meinen Gehörgang in mein Gehirn und jetzt bin ich gekommen in seinen Zustand und in den Genuß von meiner Taubheit, aber wenn ich selber eine öffentliche Lesung veranstalt muß ich doch imstand sein die Kritik zu verstehen und die Fragen welche gefragt werden von dem Publikum, und wenn ich mit meinem Weib rede kann ich auch nicht immer nur sagen »Häh?« sondern muß antworten können mit Verstand und Vernunft und mit Liebe und brauche mein Hördings welches aussieht wie eine kleine Schnecke mit so einem kleinen Schlauch dran welchen ich steck in meinen Gehörgang und welcher eine richtige Fernbedienung hat wie ein Fernseher wo die Menschen dran sitzen Stunde um Stunde und werden süchtig.

Aber was nützt mir mein Hördings wenn ich drück auf meine Fernbedienung und drück und drück und sie bedient nicht? Bin ich also hingefahren mit meinem Weib zu dem Laden wo ich mein Hördings gekauft hab und sie haben hineingekuckt mit einem Computer und gesagt sie müssen das Hördings wegschicken zu ihrer Werkstatt und es wird seine Zeit dauern und inzwischen werd ich herumlaufen müssen und nur hören können was durchdringt durch meinen Gehörgang in mein Gehirn.

Aber es gibt noch Ehrlichkeit sogar auch im Kapitalismus und so haben die Leut von dem Laden am kommenden Tag schon telephoniert und gesagt es war nur ein kleiner Kontakt welcher hat nicht kontaktiert und ich kann kommen und mein Hördings abholen; sie hätten ja auch können sagen es ist ein großer Schaden und eine komplizierte Sache und mich eine Woche warten lassen oder zwei und mir eine hohe Rechnung schreiben aber sie sind ehrliche Leut gewesen und so kann ich nicht nur wieder Antworten geben mit meinem Hördings auf Fragen bei öffentlichen Lesungen und auf Kritik und reden mit meinem Weib mit Verstand und Vernunft und mit Liebe – nein, ich hab auch wiederbekommen meinen Glauben an die Menschheit durch mein Hördings.

Und was soll ich sagen zu meinem Gebiß? Da gibt's welche denen fallen ihre Zähne heraus einer nach dem andern schon in ihrer Jugend aber zumeist verlieren die Menschen sie im Alter und stehen da am Ende mit nichts wie Zahnlücken in ihrem Mund so daß sie nicht mehr beißen noch kauen können und nicht mehr reden, und nuscheln nur noch daß Gott sich erbarm. Und hab ich gelesen von Bergvölkern weit weg welche nehmen ihre alten Leut wenn diese haben ihre Zähne verloren und nicht mehr beißen noch kauen können und nicht reden, und nuscheln nur noch, und nehmen sie und tragen sie hoch hinauf ins Gebirg auf einen Felsgipfel und nehmen einen Abschied von ihnen und packen sie an ihren Beinen und Armen und schmeißen sie mit einem großen Schwung in den Abgrund, aber bei uns hier setzen sie hinein in den Mund ein Gebiß.

Nicht daß so ein Gebiß ein Vergnügen wär im Mund weil schon beim Einbauen ist es ein Hängen und ein Würgen bevor die neuen Zähne oben mit den neuen Zähnen unten wollen aufeinanderpassen, und bevor du dich gewöhnt hast daran wie dein eignes Gebiß dich angrinst vom Nachttisch und du gelernt hast wie du es herausnimmst am Abend und wieder einsetzt früh und bis das Haftpulver haftet und der Biß beißt, und dann verrutscht es noch bei jedem zweiten Schluck Milch aus dem Glas oder der Mohn kommt dir zwischen die künstlichen Zähne und das Zahnfleisch wenn du eine Mohnsemmel frühstückst mit deinem Weib und du kannst dein Gebiß nicht herausnehmen und den Mohn herauspuhlen mit deinen Fingern weil du mußt immer bleiben ästhetisch. Und der Dentist sagt, Sie werden sich gewöhnen, Herr, aber du gewöhnst dich nicht und wenn du dich endlich gewöhnt hast an eine lästige Eigenschaft von deinem Gebiß entwickelt es schon eine neue Eigenschaft welche ist noch lästiger wie die erste und an welche du mußt dich wieder gewöhnen.

Oder du sitzt in einem Fernsehstudio und wartest daß die Talkshow anfängt für welche sie dich herangeholt haben von deinem Schreibtisch damit du kannst den Leuten ein Stück von deiner Altersweisheit geben, und vorher stellen sie vor dich hin einen Coke und einen Schweppes und leckere Brötchen belegt mit Ham und mit Tatar und du bist verfressen wie immer und beißt hinein in dein Brötchen und plötzlich gibt es einen Knacks und du spürst zur Rechten und zur Linken einen halben Gaumen heruntersinken mit künstlichen Zähnen dran und kannst nicht mehr beißen und kauen und auch nicht mehr richtig essen und mußt erzählen den Mädchen welche dich schminken und pudern für deine Talkshow, tut mir leid, Girls, aber ich kann mich nicht hinstellen vor die ganze wiedervereinigte deutsche Nation und ihr was vornuscheln. Natürlich behaupten die Girls, daß ich nicht nuschle und daß ich nicht schlechter sprech wie der Herr Bundeskanzler; aber besser wie der sprech ich auch nicht, sag ich und nehm meinen Hut und setz mich in mein Taxi ein geschlagener Mann und alles wegen meinem Gebiß welches ist mittendurch gebrochen von meinem Biß auf mein Brötchen.

Dann hab ich mir zusammenkleben lassen mein Gebiß und hab mir anfertigen lassen von meinem Dentisten noch ein Gebiß nämlich zum Ersatz für meinen Ersatz und als eine Reserve im Fall es nötig sein wird und welches ich stets bei mir trag in meiner Handtasche zusammen mit noch einem Hördings was ich mir auch noch hab machen lassen, nur das Einweckglas mit meinem herausgemeißelten Hüftknochen im Formaldehyd bleibt zu Haus auf meinem Bücherregal als Warnzeichen was der Mensch doch ist für ein gebrechliches Wesen.

Wenn ihr aber nach alldem noch wollt eine Altersweisheit von mir so werd ich euch eine geben: Beißt in die Brötchen so lang ihr noch könnt.

Im Schwitzbad

Russisch-Römisch

Mein Weib hat mir das eingebrockt, das mit dem Russisch-Römisch. Wirst sehn, sagt sie, wie du dich fühlst nach dem Schwitzen. Wie wird einer sich fühlen, wenn er sechs Fuß unter der Erde liegt, einen Dreck fühlt er, und ich, wo ichs immer mit dem Herzen hab und mit meinem Gedärm. Also, sag ich ihr, ich gehör ins Kaffeehaus und nicht ins Russisch-Römisch, aber was macht ihr das aus, die Hauptsache ist sie hat ihren Willen, und sie redet auf mich ein von Dampf und von trockener Hitze, also bin ich lieber still wie der Hiob selig bevor Gott ihm geschickt hat sein ganzes Unglück und setz meinen Hut auf, meinen großen schwarzen, und nehm meinen Spazierstock mit dem Gummi unten dran und will gehen, ins Kaffeehaus natürlich und nicht ins Russisch-Römisch, aber mein Weib kuckt mich an aus der Ecke von ihren Augen und sagt, ich werd dich hinbegleiten und du gehst dich ausschwitzen in dem Russisch-Römisch wie schon getan haben in der Antike die Römer und heut noch die Russen und tust was für deine Gesundheit weil deine Gesundheit ist das Wichtigste.

Und sie geht mir nicht von der Seite bis ich tatsächlich ankomm vor dem Haus von dem Russisch-Römisch wo die kleine Treppe ist hinunter zu dem kleinen Fenster hinter welchem der Bademensch sitzt mit der haarigen Brust und den haarigen Händen und gibt mir den grünen Zettel und ich seh sein Gesicht und ich seh was er denkt, schon wieder ein Opfer denkt er, wieder einer den wir werden abschleppen müssen, die Weiber schleppen die Männer her und wir schleppen sie ab wir haben schon Fälle gehabt hier, mit Schlag im Gehirn und mit Infarkten, nur die Antisemiten soll es treffen, doch die regelmäßig, mein Weib aber winkt mir mit ihrem Finger und sagt schwitz schön, und kuckt daß ich mich auch nicht wegduck zur Seite sobald ich bin vorbei an dem kleinen Fenster, obwohl, wenn ich mal gezahlt hab, dann sitz ich's auch aus, so ein Mensch bin ich, im

Theater oder am Jom Kippur im Tempel oder im Russisch-Römisch.

Kabine, sagt der Bademensch, Kabine, da müssense früher kommen, aber'n Schrank den könnse auch zuschließen, und ich seh schon bei meiner Natur wird Gott machen daß ich den Schlüssel zu dem Schrank verlier von dem Bandel wo ich ihn werd hängen haben an meinem Hals aber ich sag nichts, mein Jackett und meine Hosen und was einer wie ich noch so am Leib trägt kann ich ja schließlich nicht einfach hinschmeißen auf den glitschigen Fußboden zwischen die Pfützen welche die Leute lassen wenn sie aus dem Wasser kommen ganz naß und spritzen herum aber daß ich bezahlt hab wie sie für meinen grünen Zettel bei dem Bademenschen und auch meine Rechte hab in einem Russisch-Römisch, daran denken sie nicht, immer nur an sich selber.

Sportsfreund, sag ich zu einem welcher schon ganz rot ist von Schweiß und voll Pickel, wo muß ich jetzt hin, und er glotzt auf mich wie wenn ich gekommen wär aus dem Bauch von dem großen Walfisch wie der Prophet Jonah und wissen wollt wo geht der Weg nach Niniveh und zeigt irgendwohin mit dem Daumen, von Höflichkeit keine Spur, kein Wunder wenn einer nackicht ist glaubt er alle Menschen sind gleich sind aber nicht, zum Beispiel wer hat schon ein Weib wie ich hab?

Da, hah, fast wär ich geglitscht und hätt mir zerbrochen Gott weiß was, auf so eine Treppe muß Gummi hin, geriffelter, aber wer kümmert sich um so was, der Bademensch vielleicht der sitzt nur da und hält die Hand auf und unsereiner kann sich zerbrechen die Füß oder den Schädel sogar. Wer sind Sie, Herr, Sie können nicht sorgen für Gummi hier, Sie massieren hier nur, Sie sind der Masseur? Da werden Sie verdienen ein ganz schönes Trinkgeld, mit dem Masseur muß man sich gut stellen dem Masseur ist der Mensch ausgeliefert mit seinen Muskeln und seinem Gedärm, nein ich will nicht massiert werden schlimm genug daß ich hier bin überhaupt und alles wegen meinem Weib, und wo ist nun das Russisch, oder ist es das Römisch, ich mein mit dem Dampf und dem allen und mit der Hitze, da müßten Schilder hin und Zeichen und Hinweise aber nichts haben sie man kann doch nicht alles wissen wo es hier reingeht und wo raus, ich bin ein einfacher Mensch und kein Wunderrabbi.

Uh, ah, nein das geht nicht das ist unmöglich da platzt der Mensch ja, von was wohl, fragen Sie, von der Hitze natürlich und von dem Dampf. Hinsetzen soll ich mich? Das sagen Sie so, Sportsfreund, aber wo soll sich hier einer hinsetzen in dem Nebel wo Sie nicht sehen können die eigne Hand vor dem Auge? Halten Sie mal die Hand hoch, und kucken Sie was sehen Sie da, nichts. Ich bin Ihnen nicht auf den Fuß getreten, Sportsfreund, passen Sie auf, wo Sie hinstellen Ihren krummen Fuß, dann wird Ihnen keiner drauftreten, und ich sitz auch nicht auf Ihrem Schoß, ich schwitz auch ohne Ihren geschätzten Schoß, was glauben Sie, ich will mich anstecken lassen mit Aids von Ihnen, es ist einfach nicht genug Platz da, die Leute bleiben viel zu lange die Leute denken immer nur an sich selber. Sagen Sie, Sportsfreund, kriegen Sie auch so schlecht Luft hier, mein Weib hat mir gesagt ich soll mich abspritzen regelmäßig mit dem Schlauch aber wo ist hier der Schlauch?

Jetzt ist er weg. Das auch noch.

Wer weg ist, der Schlauch? Was geht mich Ihr Schlauch an, Ihr blöder? Mein Schlüssel! Der Schlüssel von meinem Schrank ist weg welchen der Bademensch mir gegeben hat und wo ich drin hab meine Sachen, ist auch kein Wunder wo sie geben nur eine Büroklammer zum Festmachen am nackichten Körper die Bürokraten und wo um Gottes willen find ich den Schlüssel in dem Dampf auf dem Fußboden dem glitschigen das ist wie wenn ich meine Frau such am Ausverkauf von dem Winterschluß bei der Damenwäsche und wenn ich nicht find den Schlüssel wie krieg ich mein Jackett und meine Hosen und was einer wie ich noch so am Leib trägt ich kann doch nicht nackicht rausgehen auf die Straße das kann enden mit Lungenentzündung und mit sonst was.

Nein, ich will Ihnen nicht an die Waden, Sportsfreund, ich such nur meinen Schlüssel da ist er doch, Gott der Barmherzige sei gelobt und gepriesen, da liegt er auf der Bank wo mich vorhin einer gezogen hat auf seinen glitschigen Schoß wissen Sie was sie machen müßten, einen mehr durchsichtigen Dampf müßten sie machen in so einem Russisch-Römisch. Geben Sie mir mal den Schlauch dort, das ist doch der Schlauch mit welchem man sich kalt, entschuldigen Sie, ich hab Sie nicht spritzen wollen und schreien Sie mich nicht so an gefälligst und geben Sie mir den Schlauch zurück, aber sofort, mir nehmen Sie meinen Schlauch nicht weg, Sie nicht, Sportsfreund!

Uh, ah, das war vielleicht eine Anstrengung, das in dem Dampf, daß einer das aushält! Zeigt aber daß da noch welche werden warten müssen, unberufen, bis ich das Gras von unten werd bekucken, entschuldigen Sie, Sportsfreund, was ist nu an der Reihe, Russisch oder Römisch, ich komm nicht so oft her nämlich, mein Weib hat mich hergeschleppt für meine Gesundheit sagt sie, und ich komm grad heraus aus dem Dampf Sie sehen doch ich schwitz wie ein Seeigel Seeigel schwitzen nicht, sagen Sie, woher wissen Sie waren Sie mal ein Seeigel vielleicht in einem früheren Leben, eine Menge Leute glauben an die Wanderung von den Seelen, aber ich glaub mehr an den Messias wenn der kommt dann bricht das Paradies aus mit Gerechtigkeit und mit allem und dann wird abgerechnet, in den Trockenraum muß ich, sagen Sie? Dann zeigen

Sie mir doch wo das ist der Trockenraum hier gehören Schilder her und Zeichen und Hinweise aber nichts haben sie wozu zahl ich Eintritt hier möcht ich wissen, für den grünen Zettel vielleicht?

Das zeigt aber auch wieder daß die Menschen nur denken an sich selber ich kann ja verstehen wenn die Leute sich hier ausbreiten möchten nach dem Dampf und dem Gedräng es ist warm hier und gemütlich aber es gibt auch noch andere welche ein Recht, ja, rücken Sie mal, Sportsfreund, ich brauch ja nicht viel Platz, nur hinten brauch ich, hinten, sagt mein Weib mir, hinten geh ich schon in die Breite, sagen Sie, Sportsfreund, sind Sie auch so kaputt von dem Dampf drüben wenn einer da nicht was hat zuzusetzen eine Reserve für das Herz sozusagen, so eine Reserve braucht einer.

Mein Herz! Mit meinem Herz ist auf einmal was, sagen Sie, haben Sie das auch, so was Unregelmäßiges hören Sie mal Pupp puppedipupp das kann doch nicht richtig sein Puppedipupp Pupp jetzt ist es gerad andersrum, ich glaub ich hab mich, das ist mein Weib, mein Weib hat gesagt geh ins Russisch-Römisch tu was für deine

Gesundheit von allein wär ich niemals, wo wär ich als normaler Mensch, der Mensch ist gebaut für zehn oder zwanzig oder meinetwegen für dreißig Grad aber achtzig! Das verträgt das stärkste Herz nicht Puppedipupp Pupp Puppedipupp fühlen Sie mir mal den Puls Sportsfreund der stimmt doch auch nicht, und da hab ich vorhin noch gedacht ich halt aus wer weiß was.

Mord durch Russisch-Römisch! Das findet keiner raus, kein Kriminaler und kein Private Eye, ich will ja nicht sagen daß mein Weib, mein Weib tötet durch Fürsorge, iß noch ein Stück von dem Fisch da, sagt sie, Fisch ist gesund, wo mir die Gräte schon steckt in der Kehle, oder sie saugt das Bett ab mit dem Staubsauger zwei Stunden bevor wir losfliegen müssen nach Bojberik in dem Atlantik oder sie wäscht sich die Haare und unten wartet das Taxi zur Oper schon Pupp Puppedipupp Pupp Pupp, Hilfe, Sportsfreund, ich muß raus hier, raus!

Gott in seiner Gnade sei Dank jetzt macht mein Herz nur noch Pupp Pupp und hat sich ein bissel beruhigt nur noch ins Schwimmbekken muß ich, alle gehn sie ins Schwimmbecken.

Erst Abduschen steht da für so was haben sie Schilder aber wenn einer wissen will wo was ist kann er sich totfragen, außerdem ist mein Dreck längst weggeschwitzt wozu schwitz ich wie ein Meschuggener wenn ich hinterher mich noch abduschen muß, huch ist das kalt, zu kalt ist auch nicht gesund, mein Weib wird es Ihnen bestätigen, lassen Sie mich raus, Sportsfreund, ja, Sie sind gemeint, stehen Sie da nicht herum, was müssen Sie auch ins Schwimmbecken wollen grad wenn ich rauswill, es ist doch wohl Platz da auch für Ihre krummen Füß, Sie, wenn Sie mich stoßen stoß ich zurück, halten Sie sich an die Ordnung gefälligst, alles hat eine Ordnung, auch Russisch-Römisch!

Jetzt, wo ist wieder mein Badetuch hin, ich hätt gleich aufpassen müssen auf mein Badetuch wie ich gekommen bin aus dem Dampf ich hab zuviel Vertrauen in die Menschheit, das sagt mein Weib auch, warum müssen sie mein Badetuch nehmen ausgerechnet, die Mafiosi, das gibt's, jawohl, die Badetuchmafia, die schaffen das Zeug nach Rußland aus dem Russisch-Römisch weil in Rom haben sie benutzt dafür eine Toga, und der Bademensch mit den grünen Zet-

teln ist auch ein Mafioso, das ist keine Anstalt
für die Gesundheit hier das ist eine Räuber-
höhle und da schickt einen das eigene Weib hin
und wie soll ich mich trockenreiben bitte, vielleicht an meinen Unterhosen, da liegt ein Badetuch rot mit blauen Karrees, genau so eins hab
ich auch, vielleicht ist es sogar meins und es hat
jemand weggehängt woandershin die Leute machen so was wenn sie sehen einer ist neu im Russisch-Römisch und weiß nicht Bescheid. Nein,
Sportsfreund, das ist mein Badetuch, nehmen
Sie Ihre schwitzigen Finger weg von meinem Badetuch, ich werd doch noch wissen wo ich mein
eignes Badetuch hab hingehängt aber ich werd
meinem Weib sagen, was das für Menschen sind
hier!

Jetzt kann ich vielleicht endlich weggehen,
mehr kann ein Weib nicht verlangen von einem
Mann welcher es hat mit seinem Herzen und
mit seinem Gedärm, und sie soll eine Ruh geben mit ihren Sprüchen. Ja, ich weiß, die Treppe ist glitschig, Sportsfreund, dankesehr für die
Warnung, die Leute laufen da runter direkt aus
dem Wasser und machen da Pfützen hin mit ihren nassen Füßen aber daß andere da ausglit-

schen könnten daran denken sie nicht die
Leute denken immer nur an sich selber –

Aua! ...

Was zutzeln Sie mir da am Mund, Sportsfreund? Beatmung, sagen Sie, Mund zu Mund?
Es ist aber am andern Ende, es ist mein Steiß-
bein, das ist wo bei den Tieren der Schwanz anfängt da sind lauter Nerven mein armes Steiß-
bein ist gänzlich zerbrochen und zerschmettert
von meinem Glitsch auf der Treppe wo hätte
sein sollen geriffelter Gummi ist aber nicht und
ich hab meinem Weib noch gesagt so einer wie
ich gehört ins Kaffeehaus und nicht in ein Russisch-Römisch aber hört sie vielleicht auf mich
hört Ihr Weib vielleicht auf Sie, Sportsfreund?

Jerusholayim die heilige Stadt
und wie ich hab meine Handtasche
dort verloren

Da sind wir gewesen in Jerusholayim, ich und
mein Weib, um aus den persönlichen Händen von dem Herrn Oberbürgermeister Teddy
Kollek welcher in Versammlungen und am Vor-
standstisch immer einschläft den Preis der heiligen Stadt entgegenzunehmen für meine literarischen und was weiß ich noch für Verdienste,
und ich hab mir gedacht vielleicht werd ich sogar mein Weib noch mal richtig heiraten in Israel von einem echten Rabbi und unter der
Chuppe und mit einem zerschlagenen Glasbecher auf welchen der Bräutigam tritt und was
noch und nicht nur so mit einer Gedudelmusik
vor einer Dame auf einem goyischen Standesamt, und untergebracht sind wir gewesen in einer schönen alten Herberge welche ein Mister
Montefiore im vorigen Jahrhundert gebaut hat,
ein sehr ein reicher jüdischer Herr aus London,

mit großen dicken Mauern und einer langen schönen Terrasse mit sehr dramatischem Ausblick auf die alten Türme und Kuppeln von der historischen Stadt in welcher die Araber wohnen, und wo man des Abends sitzt und der Sonne zusieht, wie sie untergeht und die Hände hält mit seinem Weibe und ganz gerührt und zufrieden ist innerlich, und unten im Tal liegt alles was man kennt aus der Bibel und dem König David Bericht. Und die Fenster, welche von unserer Suite aus gehen – man hat uns nämlich eine Suite gegeben in der Herberge – sind dick vergittert gegen die Diebe; aber zwischen den Stäben von den Gittern sind große Lücken, damit man Luft haben kann in den Nächten und gar nicht erst erstickt.

Nun wer kennt nicht in der gesamten zivilisierten Welt meinen Meschukkahs mit meiner Handtasche, denn alles was mir lieb und wert ist, meine Kreditkarten und mein Passport und meine Flugbillets und mein Kamm und Nagelfeile und meine Autopapiere und mein Kapitänspatent mit welchem ich ein ganzes Dampfschiff zu steuern berechtigt bin auf den brandenburgischen Seen und auf dem Jordanfluß und auf dem Toten Meer bei dem das viele medizinische Salz im Wasser schwimmt, all das hab ich in meiner Handtasche und trag es den ganzen Tag mit mir herum und nächtens hab ich es nahe bei mir auf meinem Nachttisch oder auch meinem Schreibtisch wenn der Schreibtisch nahe von meinem Bett steht und immer kuck ich auf meine Handtasche, im Bus und im Aeroplan und im Speisesaal vom Hotel und in Veranstaltungen von Kultur und kucke nach ob sie noch da ist, die Tasche, und nur wenn ich selber seh daß sie da ist bin ich froh und beruhigt. So ein Meschukkahs ist das, aber ich hab meine Gründe dafür wie ihr werdet erkennen.

Also auf unserer ganzen Reise für den literarischen Preis von der Heiligen Stadt Jerusholayim, in den koscheren Restaurants und am See Genezareth und an der Grenze von Golan und bei den Kibbuzniks in Galiläa und wo noch, hab ich immer meine Handtasche stehen gehabt zwischen meinen Füßen so daß mir sie keiner hat wegnehmen können, und hab auch immer mein Weib gleich gefragt, wo ist deine Handtasche und hast du sie auch nicht vergessen, weil mein Weib nämlich vergißt ihre Tasche die halbe Zeit und dann muß man sich meschugge suchen bis man sie findet, und es ist der letzte Tag von unsrer Reise gekommen und bald wird sein das Wochenende und der heilige Schabbes, und wir sind zurück in der schönen alten Herberge in Jerusholayim welche der Mister Montefiore gebaut hat mit dicken Mauern und mit schweren Gittern aber mit großen Lükken zwischen den Gitterstäben, und wir sind fertig gepackt und es ist alles da und bereit für die Reise wie ich es gern hab so daß ich mich nicht sorgen muß und meschugge machen, alles, mein Weib und mein Gepäck und der Preis von der Heiligen Stadt Jerusholayim und ihre Handtasche und meine Handtasche welche ich auf den Schreibtisch gestellt hab mit dem Griff nach oben, aber Gott sei Dank hab ich, ich weiß nicht warum, meine Kreditkarten und meine Flugbillets und meinen Passport herausgenommen aus meiner Handtasche bevor ich zu Bett gegangen bin und hab sie hereingesteckt in mein Jackett und mein Jackett in den Schrank gehängt auf einen Bügel, der liebe Gott muß mir's gesagt haben speziell für mich; mein Sohn, wird er gesagt haben, tu was ich dir sag und nimm deine Flugbillets und Kreditkarten und deinen Passport heraus aus deiner Handtasche ich weiß von was ich red ich bin der liebe Gott.

Und ich lieg in meinem Bett, und ich weiß nicht, kennt ihr die meschuggenen Betten in Israel welche sind wie die Betten in Paris wo sie die Bettdecken hereinquetschen unter die Matratzen damit du deine Beine und alles andere unter der Bettdecke nicht rühren kannst und nicht tun kannst was dir Spaß macht. Und ich lieg da und freu mich daß alles ist bestens geordnet und ich kann ein leichtes Herz haben und werde nach Schabbes-Nachmittag reisen können mit meinem Weib und meinem Gepäck und meinem allen und mit meiner Handtasche, und was seh ich da mit meinem einen nebbich Auge?

Ich seh wie mein Spazierstock kommt von draußenher durch das Gitter am Fenster und ich frag mich wie kommt mein Spazierstock von draußenher durch das Gitter nachdem ich ihn selber und persönlich gestellt hab hier drinnen in eine Ecke von unserer Suite, und dann seh ich es ist gar nicht mein Spazierstock es ist ein fremder Spazierstock und gar kein Spazierstock sondern ein langer schlanker Ast von einem Baum, verdorren und verfaulen soll er, mit so einem krummen Haken am Ende, und der Haken hakt sich in den Griff von meiner Handtasche, und ich seh wie sich auf einmal hebt meine Handtasche und schwebt richtig wie eine Kabine von einem Skilift quer durch unsre Suite und zu einer von den Lücken zwischen den Stäben von den Gittern zwischen den dicken Mauern von dem Fenster und ich will rausspringen aus meinem Bett und meine Handtasche grapschen bevor sie weg ist aber die verfluchten Araber welche die Betten machen in den jüdischen Herbergen haben die Bettdecken hereingequetscht unter die Matratze so daß ich nicht rauskomm aus meinem Bett ich kann mich herumwerfen wie ein Meschuggener es geht nicht, und weg ist meine Handtasche und ich fang an zu brüllen wie am Spieß ich weiß schon nicht mehr was, aber laut, und mein Weib kommt angerannt und fragt was schreist du da!

Und ich antworte, meine Tasche! Meine Handtasche ist heraus aus dem Fenster zwischen den Gittern an dem Stock und ich lieg

hier und ich kann mich nicht rühren weil sie die Bettdecke hereingequetscht haben unter die Matratze und warum rennst du nicht raus auf die Terrasse und greifst den Dieb den Gannef, den verfluchten, welcher meine Handtasche gestohlen hat? Und ich seh wie mein Weib anfängt zu lachen, sie lacht in den unpassendsten Momenten sie hat kein Gewissen und kein Mitgefühl, und sie sagt sie hat sich vorgestellt wie meine Handtasche welche ich immer so sehr behüte quer durch die Suite geschwebt ist und heraus aus dem Fenster zwischen den Gittern und da muß sie lachen.

Und ich sag die Handtasche hat Sachen drin welche wir brauchen, meine Autopapiere und mein Kapitänspatent, und da hört sie auf zu lachen und fragt, was noch um Gottes willen war in der Tasche? Und ich sag, red du nicht von Gott wo du so gräßlich lachst über das Elend von deinem eigenen Mann welcher dich vielleicht sogar noch einmal hat heiraten wollen in Jerusholayim der Heiligen Stadt von einem echten Rabbi und unter der Chuppe und mit einem zerschlagenen Glasbecher auf den der Bräutigam tritt und was noch, aber der liebe

Gott hat sich meiner erbarmt und hat mir speziell gesagt ich soll meine Kreditkarten und meine Flugbillets und meinen Passport in meine Anzugjacke stecken, und diese hat er also nicht gekriegt der Dieb der Gannef, der verfluchte.

Und ist mein Weib gegangen und hat die Direktrice von der Herberge geholt und sie haben mir einen großen Scotch gebracht weil ich so geschwächt gewesen bin und bleich von der ganzen Erregung und dem Stock welcher durch die Gitter gekommen ist und meine Handtasche hat wegschweben lassen, und haben gesagt, gleich kommt die Polizei, die jüdische. Es sind dann auch gekommen zwei Bocher welche schlank und rank gewesen sind und in fein gebügelten Uniformen und ich hab ihnen alles noch einmal erzählen müssen von meinem Spazierstock welcher gar nicht mein Spazierstock gewesen ist und die ganze Schauermegille von vorn bis hinten und sie haben alles aufgeschrieben in ihrem neuen Hebräisch welches heißt Ivrit, und mein Weib hat wieder gelacht wie eine Meschuggene und die Polizeier haben auch gelacht, aber mehr innerlich, und dann sind sie auf die Terrasse hinaus und haben nach Spuren gesucht wie die Scouts von den wilden Indianern aber keine gefunden weil sie noch nicht gehabt haben die richtigen Erfahrungen, ich hätt schon gewußt wo man muß kucken aber ich hab mich nicht einmischen gekonnt als ein Gast in Israel in die Spurensicherung von der Polizei, der jüdischen, ich hab nur gesagt, es werden gewesen sein die Araber, die Araber sind alle Diebe und Ganoven, aber da haben die zwei widersprochen und haben gesagt, woher weiß ich, daß es gewesen sind Araber, sie haben einen richtigen Staat hier in Israel, einen jüdischen, und ein richtiger Staat hat seine eigenen Ganoven und so könnten es auch jüdische Ganoven gewesen sein welche den Stock zwischen den Gittern hindurchgesteckt haben in meine Suite und meine Handtasche haben herausschweben lassen mit allem was drin ist verflucht sollen sie sein, aber vielleicht werden sie sie finden.

Gar nichts werdet ihr, hab ich mir gedacht, zwei Bocher wie ihr so elegant und oberklug, ihr solltet lieber hören auf mich, aber ich kann ja nichts sagen, wem seine Handtasche ist denn

weg mit meinem Kapitänspatent und mit den
Autopapieren, ihre oder die von meinem Weib,
oder meine? Und ich hab noch gehabt ein großes Glück weil ich gehört hab auf den lieben
Gott und meine Kreditkarten und meine Flugbillets und meinen Passport gesteckt hab in
meine Anzugjacke, denn ohne Papiere kommt
keiner raus aus Israel, besonders nicht am heiligen Schabbes und am Wochenende, und bevor
ich neue Papiere hätte gekriegt, wir wollen lieber nicht daran denken was das gekostet hätte
an Zeit und an Scherereien, und mein Kapitänspatent hab ich noch nicht wieder bis heut.

Was es ist
zu sein berühmt

Wie ich noch jung war und hineingekommen bin in was der Herr Dr. März genannt hat Pubertät wenn er meinen Eltern hat erklären wollen meine meschuggenen Reden und meine Bleichheit im Gesicht, hab ich werden wollen berühmt. Ich hab nicht gehabt eine athletische Figur, ich hab ausgesehen eher dicklich und meine Füße sind mir durcheinandergekommen wenn das Klavier gespielt hat einen Dreivierteltakt in der Tanzstunde und mein Profil ist nicht gewesen kühn oder markant, also ich bin nicht gewesen besonders attraktiv und ich hab gewußt, wenn ich machen will einen Eindruck auf die Welt um mich herum und besonders auf die Mädchen bleibt mir nur, ich muß werden berühmt.

Vielleicht berühmt mit Weisheit wie der Rabbi von Cholm zu welchem die Leute gekommen sind von überallher und ihn gefragt haben wegen dem lieben Gott oder auch wegen ihrem Geld oder sonst was und er hat ihnen gegeben seine Eijzes, und vor seiner Tür hat gestanden ein Bocher und hat die Leute gefragt welche herausgekommen sind aus dem Zimmer von dem Rabbi, Nu, was hat er euch gegeben für eine Eijze, der Rabbi, und dann haben die Leute erzählt, und dann hat der Bocher mit seiner Zunge gemacht, Tsk, tsk, tsk, was für eine Eijze! und später hat man das geheißen Public Relations, und so ist der Rabbi von Cholm berühmt geworden und ein Wunderrabbi.

Oder vielleicht sollt ich auch werden berühmt mit Drama und mit Phantasie wie der Dichter Schiller ist gewesen und ich würd vorn auf die Bühne treten zusammen mit den Schauspielern und ich würd mich verbeugen und hinterher würden die schönen Damen schon warten auf mich am Bühnenausgang und ich würd sitzen mit einer von ihnen oder auch mit mehreren an der Bar in der Theaterkantine und sie würden mir zutrinken mit ihren Augen in Verehrung und mit Begehr.

Doch leider hab ich nicht sofort werden können wie der Dichter Schiller oder wie der Wunderrabbi von Cholm und da hab ich beschlossen daß die wahre Weisheit liegt im Verzicht und daß ich gar nicht berühmt werden will sondern mein Glück finden auch so und mit einem guten Weib wenn ich sie irgendwo treff statt einem Harem an der Bar.

Aber was tut Gott? Gott kuckt auf mich wie er gekuckt haben muß seinerzeit auf seinen Knecht Hiob und sagt, ich werd ihn doch machen berühmt, ob er will oder nicht. Und Gott hat gemacht, daß ich mich hingesetzt hab und er hat mir in den Kopf gegeben Geschichten mit einem Anfang und einem Ende dran und einer Handlung in der Mitte und mit Menschen dabei welche sind wie du und ich und wie sie sich gehauen haben und gestochen, aber auch geliebt, und wie sie haben versucht Macht zu haben einer über den andern, kurz, alles wie im richtigen Leben; und man hat gedruckt meine Geschichten und mich hat man genommen ins Radio und ins Fernsehen und dort haben sie mit mir geredet in Interviews und in was man nennt Talkshows wegen dem lieben Gott oder auch wegen Geld oder Literatur oder sonst was und ich hab mich äußern müssen dazu und auch wenn ich nicht haben werden wollen berühmt, ich hab mir nicht helfen können, ich hab gemußt, denn überall wo ich gewesen bin ist auch aufgetaucht ein Bocher und hat gemacht Public Relations, tsk, tsk, tsk.

Aber wenn einer ist erst mal berühmt dann kommen die Leute und fragen ihn was er hält von der Welt und was sie tun sollen in ihrem Leben damit sie glücklich werden. Und auf einmal bist du nicht mehr du selber sondern du mußt geben Eijzes wie der selige Wunderrabbi von Cholm oder ablassen moralische Sprüche wie der Dichter Schiller, und die Leute kucken dich so an und du kannst schon nicht mehr gehen in eine Kneipe wie ein gewöhnlicher Mensch und dich hinsetzen mit deinem Weib für eine Portion Spaghetti oder auch gefillte Fisch, sondern sie kommen an deinen Tisch und lächeln dich an so süß und so bittend es bricht dir das Herz und schieben dir hin einen fleckigen Zettel und sagen, Sie könnten wohl nicht, ein kleines Autogramm nur, für die Kinderchen zu Haus und wir haben Sie alle im Fernsehen gesehen und meine Schwiegermutter sagt Sie sagen immer solch gescheite Sachen. Und wenn du dich ärgerst und dem Mann sagst, was nutzt es mir wenn Sie mich ankucken im Fernsehen, meine Bücher sollen Sie lesen und nachdenken darüber, der Mann wird nur erschrecken weil er's so gut gemeint hat mit dir und du unterschreibst sein Schmuddelpapier doch.

Und mein Weib sagt zu mir, du hast kein Recht so großmächtig zu tun mit deinen paar Groschen Berühmtheit welche du kannst schnell genug verlieren es sind schon ganz andre vergessen worden über Nacht; der Mann ist gewesen freundlich zu dir und da kann er erwarten, daß du auch freundlich bist zu ihm.

So ist mein Weib, sie bedenkt immer alles. Und sie kennt mich in meinem Innern. Da kann ich berühmt sein soviel ich will, sie hat mich erlebt in meiner Schwäche und Not wenn ich hab aufgeschrien zu meinem Gott, Hilf mir, ich weiß nicht weiter, du hast mich geführt hierher, Gott, verlaß mich nicht, amen. Und sie hat mich genommen in ihre Arme und mich gehalten bis ich wieder konnt stehen im Wind und gehen auf meinen eigenen Füßen.

Also, wie ich hab schon versucht anzudeuten, zu sein berühmt ist auch kein reiner Segen. Erst hab ich mich gefreut, wenn ich hab gelesen meinen Namen in den Journalen und ihn gehört hab erwähnt im Radio beim Frühstück und gar mich selber hab sehen können auf dem Fernsehschirm und Vergleiche machen zwischen meinem Bild dort und wie mein Gesicht sich spiegelt in meinem Rasierspiegel, nebbich. Und mein Weib, wenn sie mich hat gesehen dabei, hat gesagt, Hör auf zu spielen mit deinen Eitelkeiten; aber ich spiel nicht mit meinen Eitelkeiten und glaub auch nicht daß ich bin so geltungsbedürftig; ich bin wie ein alter Zirkusgaul eher welcher kommt in die Arena getrabt und bin ganz ruhig wenn das Licht aufleuchtet im Studio und die Kamera dreht sich zu mir und der Moderator kuckt mich an, und wenn ich werd angegriffen und es beschimpft mich einer in einer Talk Show und verleumdet mich dann bleib ich was man nennt cool und geb ihm zurück seine Worte mit Zins und Zinseszins und mit Ironie.

Und was nützt mir meine Berühmtheit sonst schon, was nützt sie mir wenn ich steh an der

Kasse im Supermarkt, oder vorm Schalter in der Bank, oder wenn ich will ein Nummernschild für meine Automaschin von den Ämtern? Sagen die Leut etwa zu mir, gehen Sie ruhig nach vorn, wir wissen schon wer Sie sind, Sie haben verdient Ihre Privilegien, wir warten eben noch ein bissel bis man Ihnen hat gegeben was Sie brauchen? Nein, die Leut bewachen dich daß du ja nicht versuchst dich vorzudrängeln, sie kucken dich an mit Eifersucht wie wenn sie dir wollten sagen, wir haben Demokratie jetzt, und die letzten werden sein die ersten wie schon der Sohn von dem alten jüdischen Gott hat erklärt, nur reden sie nicht von Gott, dafür geht's ihnen nicht schlecht genug.

Und gar wenn du fällst in die Hände von den Bochers welche regeln den Verkehr! Da ist mein Weib gefahren mit ihrer Automaschin um eine Ecke wo man vielleicht nicht hätte dürfen rumfahren, aber es war in der Mitte von der Nacht und keine andere Automaschin in Sicht irgendwo, und ich hab mich zurückgelehnt und hab gedacht was fährt mein Weib doch famos und sie bringt mich sicher nach Haus und in mein weißes Bett: da blinkelt doch hinter uns einer mit einem großen Licht und ich hör ein Geschrei von Sirenen und ein Getut und ein Bocher winkt uns wie ein Meschuggener mit einem Stab einem erleuchteten, und mein Weib hält an und macht die Tür auf von unserer Automaschin und der Bocher stellt seinen Fuß hinein und fängt an mit was bei der Verkehrspolizei wird genannt eine Belehrung und sagt mein Weib ist gefahren um die Ecke und hat nicht gemacht einen kurzen Halt wo sie hätt machen sollen einen kurzen Halt für die Sicherheit von dem Verkehr, und da hab ich mich aufgerichtet und bin herumgetreten um unsere Automaschin und hab mich hingestellt vor den Bocher und hab ihm gelegt meine Hand auf seine Schulter und hab ihm gesagt was reden Sie da von Sicherheit von dem Verkehr wenn da ist gar nicht gewesen ein Verkehr und ich hab ihn angekuckt und gesagt also ich bitt Sie und er hat mich zurückangekuckt und gesagt ich weiß schon wer Sie sind aber Sie können sein noch so berühmt, die Regeln von dem Verkehr gelten auch für Ihr Weib.

So ist das mit der Berühmtheit. Und wenn du schon mal in den Genuß kommst von einem Privileg weil du bist so berühmt ist es oft auch nicht zum guten. Da kommen wir doch zu dem Schalter am Gate auf dem Flugplatz, mein Weib und ich, eine Stunde vor Abflug von der Flugmaschin, wie ich's mir immer wünsch, weil ich Angst hab, der Pilot könnt abheben ohne uns wenn wir nicht rechtzeitig sind eingestiegen, und mein Weib sagt, gehen wir und trinken wir noch einen Kaffee, und ich sag, gehen wir lieber gleich rein in den Warteraum da sitzt sich's auch ganz gut, und ich seh wie mein Weib zieht einen Flunsch aber sie kommt doch, sie will nicht haben einen Zank mit mir vor den Leuten weil ich bin so berühmt, und der Bocher an der Kontrolle von dem Gate legt seine Finger an seine Mütze und grüßt, Sind Sie auch mal wieder bei uns wie geht's Ihnen hoffentlich gut, und winkt uns durch ohne zu kucken auf unsre Bordkarten ich werd doch nicht fliegen ohne Bordkarten denkt er sich so ein berühmter Mann, und wir setzen uns hin, mein Weib und ich, in dem Warteraum und ich hol uns Zeitungen welche es gibt umsonst und ich sag zu meinem Weib wie ich strecke meine Beine und meinen Ellbogen leg auf mein Handgepäck, So hab ich's gern, mit reichlich Zeit als Reserve, und nach einer langen Weile sagt mein Weib zu mir, sollten sie nicht längst aufgerufen haben für unsern Flug? Und ich sag, die Maschin wird haben eine Verspätung, und wir warten noch und warten und dann kommt eine Stimme und ruft meinen berühmten Namen und sagt ich soll schnell kommen zu einem Schalter weit weg meine Maschine ist dort schon beim Abflug und ich spring auf und renn los wie ein Meschuggener und an dem andern Schalter sagen sie die Maschine rollt gerade aufs Feld und wir haben gesessen im Warteraum von einem falschen Flug und sie haben herausgeholt unser Gepäck von der andern Flugmaschin und ich sag das können Sie doch nicht tun Sie wissen doch wer ich bin und sie sollen halten die Flugmaschin und ich dreh mich um und wink durch lauter Glaswände hindurch zu meinem Weib und schrei ihr zu sie soll kommen rasch rasch und sie kommt und der Mann am Schalter erzählt ihr was ist passiert und ich denk sie wird entsetzt sein wie ich aber sie fängt an zu lachen wie eine Meschuggene und kann nicht aufhören zu lachen und ich sag hör endlich auf zu lachen und hab einen großen Zorn auf sie, und

all das ist gekommen weil ich bin so berühmt
daß der Bocher an der Kontrolle am anderen
Gate uns hat durchgewinkt ohne zu kucken auf
unsre Bordkarten; aber dann hab ich gehabt
ein gutes Mittagessen im Flughafenrestaurant
mit meinem Weib und wir haben genommen einen späteren Flug und ich hab doch noch gehabt meinen Fernsehauftritt.

Und dann sind da die Fans. Wenn einer berühmt ist hat er Fans, und bei mir schreiben die
Fans Briefe und schreiben daß sie ein Fan sind
von mir weil ich so berühmt bin und weil sie
mich gesehen haben im Fernsehen und sie
schreiben sie sind begeisterte Autogrammsamm-
ler und ich soll ihnen schicken drei Postkarten
mit meinem Bild drauf und mit persönlicher
Widmung und ob ich auch noch hinzufügen
könnt einen Spruch welchen ich mir ausdenken
soll für sie speziell ich kann ihn aber auch nehmen aus einem Buch von mir, die eine Karte für
sie selber und die zweite für ihren Bruder welcher auch ist ein begeisterter Autogrammsamm-
ler, und die dritte für ihren Freund Ludwig,
aber ich weiß in Wirklichkeit benutzen sie meine Karten zum Tauschen gegen Karten von an-

dern Berühmtheiten und daß du erst eine wirkliche Berühmtheit bist wenn du bist mindestens soviel wert auf dem Markt bei den Fans wie ein Popsänger. Und wenn die Fans lieb sind legen sie dir bei ein Kuvert welches sie addressiert haben mit ihrer Adresse und mit einer Briefmarke drauf, sonst mußt du die Adressen selber schreiben und die Marken kaufen mit deinem eigenen Geld und sie aufkleben mit deiner eignen Zunge, und das ist die wahre Berühmtheit.

Doch manchmal denk ich mir, vielleicht ist es ganz gut zu sein berühmt; vielleicht regt es die Leute an zu lesen was ich hab geschrieben, und sie werden sich zu Herzen nehmen was ich hab geredet, und es wird sie machen ein bissel besser und vielleicht sogar auch gescheiter, selbst wenn mein Weib mir sagt, ich soll mir nicht einbilden einen Haufen Schwachheiten.

Und wie wir sind gefahren auf der Fähre von der Insel Bornholm nach der Insel Rügen, mein Weib und ich, ist das Meer gewesen so lieblich und der Himmel so blau daß wir uns gestellt haben an die Reling von dem Deck und haben gekuckt auf die Wellen und auf die Möwen und ich hab mein Weib genommen um die Schulter und sie mich. Da ist auf uns zugetreten ein Herr, so ein kleiner dicker, und hat uns begrüßt mit Freundlichkeit und hat gefragt ob er mich könnt photographieren er wäre ein großer Fan von mir und ein Bild von mir zusammen mit ihm auf der Fähre von Bornholm nach Rügen, das wär die Krönung von seiner Sammlung, und ob mein Weib es nicht vielleicht knipsen könnt, und mein Weib sagt, aber gerne, und ich murmel etwas von Public Relations, und der Herr reicht ihr seinen Photoapparat und zeigt ihr die Knöpf daran und auf welchen sie soll drücken und wo sie soll durchkucken, und ich denk, schöne Sammlung das wo ein Bild von mir zusammen mit ihm soll sein die Krönung, gesammelte Berühmtheiten, hah, aber dann kuckt er mich an als ob er weiß was ich denk und sagt er sammelt Bücher und da kommt das Bild von ihm und von mir an eine Ehrenstelle, und sagt er hat gelesen alle meine Bücher und wie er mich bewundert und was ich bin für ein Großer. Und wenn einer so redet zu mir dann sagt mir eine Stimme in mir ich soll mich zeigen bescheiden aber ich kann mir nicht helfen ich freu mich doch, endlich ist da statt einem Fan ein

Leser, und die Wellen glitzern so schön und das Schiff schaukelt so hübsch und ich kuck auf mein Weib. Siehst du, sag ich mit meinem Kuck, so reden meine Leser, so einen Mann hast du. Und mein Leser redet weiter weil er sieht wie ich häng an seinen Lippen und redet wie spannend ich schreib und wie gut ich darstell die Menschen und wenn er anfängt ein Buch von mir zu lesen kann er es einfach nicht hinlegen bis zur letzten Seite, und lauter solche Sachen mehr, und dann dreht er mir zu sein Gesicht und sagt, so richtig mit Überzeugung, »Aber Ihr bestes Buch, Herr Zweig, ist doch ›Der Untertan‹.«

Der Nachbar

Mit den Nachbarn mußt du dich gutstellen sagt
mein Weib, du weißt nie wann du sie wirst brauchen, vielleicht wenn der Wäschemann kommt
mit der Wäsche für uns und wir sind gerade
weg oder der Postmensch bringt dir ein Päck-
chen welches er nicht schieben kann in den
Schlitz in der Tür weil es ist zu dick oder des
nachts brechen Räuber in das Haus Gott soll
schützen und du schreist um Hilfe, für alles das
ist ein Nachbar gut auf welchen du kannst vertrauen.

Und ich sag, ja du hast recht wie du immer
hast recht, doch was ist das für ein Nachbar den
wir haben, ein Nudnik, ein regelrechter, soll
nicht passieren zu meinen ärgsten Feinden so
ein Nachbar welcher herumschleicht um unser
Haus mit Stielaugen und mit gespitztem Ohr
aber wenn er dich trifft auf dem Weg vor dem

Gartentor oder sonstwo kuckt er nur wie wenn du wärst ein Stück Dreck unter seinem Stiefel oder ein Fettfleck auf seiner Krawatte und sagt dir nicht Guten Tag und auch nicht Wie geht's und nickt nicht mal mit seinem Kopf, und das schon seitdem er ist eingezogen ganz plötzlich nebenan in das Haus von der jungen Witwe, und hast du nicht selber gesagt damals du verstehst nicht was sie findet an ihm, schön ist er nicht und auch nicht sexy vielleicht ist er im staatlichen Dienst und hat eine gesicherte Stellung.

Und mein Weib sagt, vielleicht versuchst du mal zu reden mit ihm, kann sein daß er gehabt hat eine unglückliche Kindheit, aber er ist doch ein Mensch und jeder Mensch hat eine Stelle an welcher du ihn rühren kannst und wo er auf Güte anspricht und auf Freundlichkeit du mußt nur sein ein bissel ein Psycholog.

Von Psychologie, sag ich zu meinem Weib, versteh ich so gut wie nix; und füg hinzu, aber du, du mußt nur kucken auf einen Menschen und weißt schon was vorgeht in seinem Gemüt, warum versuchst du nicht zu reden mit ihm wenn du willst probieren ob er ist ein Mensch und eine Stelle hat an welcher du ihn rühren kannst; hat er nicht immer ein großes Interesse gezeigt für uns seit er ist eingezogen bei der jungen Witwe nebenan und hat herübergespäht auf uns zwischen den Stäben von ihren Jalousien und herübergehorcht zu uns über die Sträucher an dem Zaun wenn er gewässert hat ihren Garten? Du redest doch sonst auch so sanft und mit Weisheit und mit Überzeugung, sag ich, auf die Art ist es gekommen daß wir geworden sind Mann und Weib, du hast geredet und ich hab mir angehört und dann hab ich gedacht es könnt mir auch Schlimmeres noch passieren in meinem Leben und es soll sein zu Glück und zu Masel und so ist es auch gewesen seither.

Aber wenn ich geglaubt hab mein Weib wird endlich eine Ruh geben mit dem Nachbarn wenn ich red mit ihr so in Liebe, das ist gewesen was man nennt eine Illusion. Vielmehr dreht sie sich um zu mir und sagt daß einer wie der Nachbar viel eher ansprechen wird auf einen Mann und ich soll nicht zurückzucken wenn das Leben mir stellt eine ernsthafte Aufgabe und soll akzeptieren die Herausforderung und nicht immer alles schieben auf sie und wollen daß mein Weib soll sich werfen in die Bresche für mich, und ich sag, gut ich werd mich selber werfen in die Bresche und werd sehen ob der Nachbar wird ansprechen auf meine Güte und Freundlichkeit.

Und ich stell mir vor ich werd beginnen indem ich ihm entgegentret wenn er wieder mal bei den Sträuchern an unserm Zaun steht und herüberhorcht zu uns und werd ihn fragen wie es gekommen ist daß er ist eingezogen damals bei der jungen Witwe und ob es ein Zufall gewesen ist oder ob er vielleicht gehabt hat wie man sagt einen Auftrag.

Und das nächste Mal wie ich gesessen hab auf unsrer Terrasse und gehört hab so ein Knacken und Knistern bei den Sträuchern am Zaun bin ich aufgestanden und dort hingegangen und hab gesagt wie schön daß ich Sie treff und hab ihn gefragt wie es gekommen ist daß er ist eingezogen damals bei der jungen Witwe und ob es ein Zufall gewesen ist oder ob er vielleicht gehabt hat wie man sagt einen Auftrag, aber er hat nur den Sprenger von seinem Gartenschlauch gehoben wie wenn der Sprenger wär ein Bajonett und hat mich angekuckt wie wenn ich wär ein Stück Dreck unter seinem Stiefel oder ein Fettfleck auf seiner Krawatte und hat sich umgedreht und ist weg.

Und mein Weib welche hat beobachtet die Begegnung vom Fenster von unsrer Küche aus hat gesagt ich muß haben Geduld, Geduld löst alles, und ich darf nicht aufgeben gleich beim ersten Versuch; so ist mein Weib, immer positiv. Aber bei mir ist der Nachbar nichts gewesen wie ein Nudnik, ein regelrechter, welcher ist verbockt und verschroben im Kopf, und warum, frag ich mein Weib, soll ich mir so große Mühe machen um einen Nudnik wenn er mir doch nur bringen wird Ärger?

Doch was tut Gott welcher nicht will daß mein Weib und ich bleiben zerstritten wegen dem Nachbar? Gott macht daß ich bekomm einen Hinweis von der großen Behörde welche genannt ist nach dem verdienten Diener Gottes Herrn Jugendpfarrer Gauck und bei welcher bewahrt werden die Papiere und Aktenfaszikel von dem alten Ministerium für Staatssicherheiten, und in dem Hinweis heißt es daß in ihrer Behörde hätten sich angefunden Papiere welche vielleicht sein könnten von Interesse für mich und mein Weib und wenn wir hinkämen zu dem alten Ministerium für Staatssicherheiten wo jetzt der verdiente Diener Gottes sitzt in seiner Großmächtigkeit und mit seinen Apparatschiks könnt ich vielleicht haben eine Überraschung.

Und so sind wir hingefahren, mein Weib und ich, zu dem alten Ministerium für Staatssicherheiten und ein Bocher hat uns gebracht vier oder fünf dicke Konvolute und wie ich hab aufgeschlagen eins von den Konvoluten hab ich gesehen eine große Zeichnung wie von einem Architekten und mein Weib hat auch gekuckt und hat gesagt zu mir ob ich erkenn was das ist, und ich hab gesagt das ist was man nennt ein Grundriß, und mein Weib hat gefragt Grundriß von was, und ich hab gesagt, von zwei Häusern, und mein Weib hat gefragt, aber von welchen zwei Häusern, und ich hab gesagt, nu, von unserm und von dem Haus von der jungen Witwe, und auf dem Haus von der jungen Witwe steht geschrieben Beobachtungsstützpunkt.

Und mein Weib hat sich hingedreht zu dem

Bocher welcher uns gebracht hat die ganzen Konvolute und hat ihn gefragt, was heißt Beobachtungsstützpunkt? Und der Bocher hat gesagt, Beobachtungsstützpunkt heißt daß da ist ein Zimmer in dem Haus welches das Ministerium für Staatssicherheiten das Recht gehabt hat zu benutzen für seine Beobachtungen und wo gewesen ist ein Beobachter von dem Ministerium mit seinen Apparaten zum Horchen und zum Kucken und zu allem.

Und ich hab gesagt, aber wen er beobachtet hat steht nicht auf dem Papier, und mein Weib sagt, nu wen schon wird er beobachtet haben: dich und mich, dich, weil du immer gehabt hast deine selbständigen Gedanken und diese laut ausgesprochen statt zu sein brav und devot, und mich, weil du dauernd eingeredet hast auf mich trotzdem ich dir immer gesagt hab, Scha! sei still endlich, vielleicht hört einer mit.

Und ich sag zu meinem Weib, Und da willst du immer noch daß ich soll reden zu dem Nachbarn und ihn anrühren an der Stelle wo er anspricht auf Güte und auf Freundlichkeit? Du bist der Psycholog in der Familie. Geh, red selber mit ihm.

Und mein Weib sagt, gut, ich werd reden mit ihm, und du wirst sehen er wird ansprechen auf Güte und auf Freundlichkeit.

So ist mein Weib, immer voll Hoffnung und Glauben. Und dann warten wir bis sich vielleicht wird ergeben eine Gelegenheit für sie zu sprechen mit ihm. Und nach einer Zeit sag ich zu ihr, Nu, hast du gesprochen mit dem Nachbarn und was hat er gesagt zu dir? Da kuckt sie mich an und sagt zu mir mit all der Güte und der Freundlichkeit welche sie hat anwenden wollen auf jenen, du hast doch gesehen wie ich ihn beobachtet hab und auf ihn gewartet draußen auf dem Weg und bei den Sträuchern am Zaun aber er hat sich nicht sprechen lassen von mir bis zu dieser Stunde, und ich sag, du mußt aber sprechen mit ihm wenn du willst daß er wird ein guter Nachbar, und sie sagt, aber er rennt weg in sein Haus wenn er sieht daß ich wart auf ihn bei den Sträuchern am Zaun oder draußen auf dem Weg, und ich sag vielleicht hat er Angst, und sie sagt, wieso, wo ich doch voller Güte bin und nichts wie Freundlichkeit empfind für ihn, und ich sag, vielleicht gerade darum, und er will partout nicht daß du ihn fragst ob er eingezogen ist bei der jungen Witwe weil er der Beobachter sein sollt in dem Beobachtungsstützpunkt und warum er jetzt nicht genießt seinen Ruhestand und in Entspannung lebt und in seelischem Frieden nachdem doch das Ministerium für Staatssicherheiten außer Betrieb ist, sondern immer noch hervorspäht zwischen den Stäben von den Jalousien der jungen Witwe und notiert, ob wir im Garten sitzen auf der Schaukel oder am Tisch auf der Terrasse und Tee trinken.

Gott behüte, sagt sie, ich werd ihn doch nicht fragen solche Fragen. Er ist ein ganz Armer welcher ist beschäftigungslos geworden nachdem doch das Ministerium für Staatssicherheiten außer Betrieb ist und er hat nur noch uns für eine Beschäftigung und um sich zu halten was man nennt fit.

Nu, sag ich, er ist ein Fachmann, und ein Fachmann bleibt ein Fachmann, besonders einer welcher eingebaut war in einen Beobachtungsstützpunkt, einen so vorteilhaften, und vielleicht ist er übergegangen wie man sagt nahtlos von einem Ministerium für Staatssicherheiten zu einem Ministerium für andere Staatssicherheiten und führt schon wieder ein nützliches Leben?

Mach keine Witze, sagt mein Weib, man macht keine Witze mit der Psyche von Nachbarn welche vielleicht glauben daß du bist schuld wenn sie sind beschäftigungslos weil du immer gehabt hast deine selbständigen Gedanken und sie laut ausgesprochen statt zu sein brav und devot. Kuck dir an die Schatten um seine Augen und wie schief sein Mund ist geworden und verzerrt seit er nichts hat sich zu beschäftigen wie uns zu beobachten von seinem Beobachtungsstützpunkt, vielleicht wird er nehmen einen Knüppel eines Tages und dir einschlagen deinen Schädel mitsamt deinen selbständigen Gedanken drin oder Benzin schütten vor unsre Haustür und ein Streichholz dranhalten warum sollen nur Ausländer Häuser anstecken und Skinheads?

Und ich sag, ich weiß er ist ein Nudnik aber er wird doch um Gottes willen nicht werden gewalttätig, und mein Weib sagt nun muß sie reden mit ihm erst recht und kommt herausgeschossen aus unserm Haus jedesmal kaum hat sie die Tür gehen sehen in seinem Haus und läuft ihm entgegen mit Guten Tag! und Wie geht's? und was man so sagt wenn man will daß einer redet mit einem, und jedesmal kommt sie zurück und sagt, Wieder ist nichts nur daß sein Gesicht ist noch mehr gerötet wie letztes Mal und sein Mund noch verzerrter, und ich nehm mir ein Herz schließlich und sag ihr sie soll schon aufgeben ihre Versuche, ihre vergeblichen, und daß man die Menschen nicht zwingen kann zu guter Nachbarschaft auch mit der größten Güte und Freundlichkeit, aber sie fragt zurück was ich wohl glaub daß sie sich kaufen kann für meine Eijzes und ich soll sie mir sparen.

Doch an dem Tag macht Gott daß wir sitzen auf unserer Terrasse, mein Weib und ich, und trinken Tee ganz friedlich und der Nachbar kommt vorbei auf dem Weg draußen, und wieder kuckt er uns an wie wenn wir wären ein Stück Dreck unter seinem Stiefel oder ein Fettfleck auf seiner Krawatte, und mein Weib will schon aufspringen und hinrennen zu ihm um zu reden mit ihm, da plötzlich zuckt er zusammen wie wenn ein Schlag ihn hätt getroffen, und ich hab mir gewünscht er träf ihn schon endlich, und sein Gesicht wird nicht rot wie sonst aber blau und er reißt auf unsre Gartentür und stürzt hin zu uns auf unsrer Terrasse und fängt an einzuschreien auf mein Weib daß sie soll aufhören ihm aufzulauern und hinterher- zurennen sie wird ihn noch machen wahnsinnig und dann wird er ihr umdrehen ihren Hals, und dann geht ihm aus sein Atem und er steht nur da und keucht.

Nu, jeder weiß ich bin ein schreckhafter Mensch und daß ich schweig lieber und mich zurückzieh wenn ich seh da ist Trabbel, aber wie er so bedroht hat mein eigenes Weib bin ich aufgewachsen wie man sagt zu großem Format und bin auf ihn zu und hab ihm erklärt klar und deutlich, Was heißt mein Weib macht Sie wahn- sinnig, wo Sie doch längst schon sind total me- schugge!

Da hat er gekuckt auf mich aber nicht wie wenn ich wär ein Stück Dreck unter seinem Stie- fel oder ein Fettfleck auf seiner Krawatte son- dern ganz verwirrt, und dann hat er sich umge- dreht und ist weg. Und ich hab gesagt zu meinem Weib, du hast recht gehabt wie du im- mer hast recht, natürlich, jeder Mensch hat eine Stelle an welcher du ihn rühren kannst und wo er auf Güte anspricht und auf Freundlichkeit, du mußt nur sein ein bissel ein Psycholog.

Woher soll ein Mensch wissen

Woher soll ein Mensch wissen von dem Stempel auf der Steuerkarte. Steuerkarten hat man gehabt in der alten DDR und hat Marken draufgeklebt auf dem Postamt zum Segen und für die Automaschin und dann hat man nicht mehr gehabt Zores.

Jetzt, nach der Wende, machen sie alles auf andere Weis. Wenn du hast eine neue Automaschin welche ist wie sie sagen abgasarm dann brauchst du nicht mehr zahlen soviel Steuer und soviel Gebühr und auch nicht mehr kleben Marken auf deine Steuerkarte. Nur was sie dir nicht sagen vorher das ist daß du wirst brauchen einen Stempel auf deiner Steuerkarte nämlich damit die Steuerkarte bleibt gültig, und daß du wirst brauchen eine gültige Steuerkarte wenn du gehst holen eine neue Nummer für deine Automaschin bei der neuen Bürokratie, denn

was die neuen Herrn sind bei der neuen Bürokratie die wollen eine neue Nummer auf deiner
Automaschin weil wir jetzt sind ein einig Vaterland.

Nu, ist bekannt generell daß ich bin ein
staatstreuer Mensch welcher ist erfüllt von Sor-
ge und von innerem Zittern wenn er muß hin zu
einer Behörde wo er wird konfrontiert mit Regeln und mit Gesetzen und Vorschriften von
der Bürokratie. Also hab ich geredet mit meinem Weib wegen der neuen Nummer von meiner Automaschin und hab ihr gesagt daß ich
eine Angst hab vor der Fahrt zu der Straße genannt Alt-Friedrichsfelde in Ostberlin wo sie haben in den alten Gebäuden von den Genossen
von dem Ministerium für Staatssicherheiten die
neue Bürokratie für die neue Nummer von meiner Automaschin. Und hat mein Weib ein großes Verständnis gehabt Gott sei Dank für meine
Angst und hat gesagt ich würd ja doch nur reden Fehlerhaftes bei den Bürokratien und ist
hingefahren an meiner Stell zu der Straße genannt Alt-Friedrichsfelde zusammen mit ihrem
Bruder damit sie nicht sein soll ganz so allein
und einsam dort, und sie hat mitgehabt bei sich

alle Papiere von unsrer Automaschin wie Besitz-
brief und Besitzkarte und von der Versicherung
die Doppelkarte und noch und noch und noch,
aber die Sachbearbeiterin von der neuen Bürokratie in der Straße genannt Alt-Friedrichsfelde
hat gesagt, Nu, und was ist mit dem neuen Stempel auf der alten Steuerkarte von der DDR? Und
mein Weib hat gefragt wo sie kann kriegen einen neuen Stempel für die alte Steuerkarte und
die Sachbearbeiterin hat gesagt bei den Steuermenschen am Columbiadamm in Westberlin,
aber mein Weib bevor sie sich läßt wegschicken
so einfach ist erst noch mal hingegangen zu
dem großen Boss von der Bürokratie in der
Straße genannt Alt-Friedrichsfelde in Ostberlin
und hat geredet mit ihm und hat ihm gesagt sie
wird alles fixen mit den Steuermenschen am
Columbiadamm in Westberlin welche müssen
stempeln die Steuerkarte damit sie kann kriegen bei ihm in der Straße genannt Alt-Friedrichsfelde in Ostberlin die neue Nummer für
meine Automaschin aber er soll ihr sagen schon
jetzt was wird sein die neue Nummer damit sie
kann nennen diese den Steuermenschen am
Columbiadamm in Westberlin und dort Gott

behüte nicht wird haben Trabbel aber er sagt
nein er kann nicht weil er nicht darf aber Tatsache will er ihr nur zeigen was für Macht er hat
über sie, nebbich.

Also hat mein Weib doch müssen fahren zu
dem Columbiadamm in Westberlin zu einem
andern großen Gebäude, und diesmal bin ich
gefahren zusammen mit ihr, und sind wir gelaufen und getrepst, mein Weib und ich, durch andere viele Korridore um zu finden einen anderen großen Boss welcher kann stempeln die
Steuerkarte und draufschreiben daß alles ist
okeh, aber dieser sagt auch er kann nicht weil er
erst muß haben die neue Nummer für meine
Automaschin weil nämlich die letzte Ziffer von
der neuen Nummer ist maßgeblich für die Tür
in dem Korridor wo man muß hineingehen um
zu kriegen den Stempel auf die Steuerkarte welchen man muß haben um zu kriegen die neue
Nummer von der Automaschin.

Und hab ich uns schon gesehen, mein Weib
und mich, wie wir hin- und herfahren werden
für den Rest von unsern Tagen zwischen der
Straße genannt Alt-Friedrichfelde in Ostberlin
und der Straße genannt Columbiadamm in West-

berlin weil der eine Boss sagt erst muß er haben die neue Nummer von der Automaschin bevor er kann geben den Stempel und der andere Boss sagt erst muß er haben den Stempel bevor er kann geben die neue Nummer, aber da hat mein Weib angefangen einzureden auf den Boss am Columbiadamm in solch einem süßen Ton es hat geklungen wie die Loreley auf dem Felsen von Heine und hat mich ganz gerührt und, wichtiger noch, hat gerührt den Boss, ich hätt ja geschrien auf ihn aber nicht so mein Weib, und so haben wir doch gekriegt einen Stempel aber was sie genannt haben in der neuen Bürokratie nur einen provisorischen auf die Steuerkarte und sind dann wieder hingefahren zu der Straße genannt Alt-Friedrichsfelde in Ostberlin und eine Menge Leute haben da gestanden auf einem Haufen um uns herum und haben gewartet daß sie reindürfen in die Korridore dort weil nämlich eine jede Bürokratie in dem neuen wiedervereinigten Deutschland hat Korridore durch welche man muß hindurchlaufen, aber nicht so mein Weib, mein Weib ist gleich losgegangen und hat uns durchgeschleuselt zu dem großen Boss von der Bürokratie in der Straße genannt Alt-Friedrichsfelde und der große Boss hat gleich wieder gefragt was ist mit dem Stempel, aber da hat sie zurückgefragt laut und deutlich ob er vielleicht will daß wir sollen fahren für den Rest von unsern Tagen hin und her zwischen der Straße genannt Alt-Friedrichsfelde in Ostberlin und der Straße genannt Columbiadamm in Westberlin und da hat der große Boss es gekriegt mit der Angst daß wir Tatsache werden hin- und herfahren müssen wie zwei Fliegende Holländer zwischen der Straße genannt Alt-Friedrichsfelde in Ostberlin und der Straße genannt Columbiadamm in Westberlin und er uns nie wird loswerden und hat gesagt, nu, werden wir genehmigen die Sache ausnahmsweise mit dem Provisorium, und hat meinem Weib gegeben einen blauen Bogen Papier mit lauter Gedrucktem drauf welches man nennt einen Antrag und mein Weib hat gesagt zu mir ich soll lieber schweigen und nicht wieder anfangen zu reden meine Blödigkeiten wie ich immer red mit den Bürokratien und soll ihr nachfolgen, und ich hab geschwiegen und bin ihr nachgefolgt, und sie hat genommen einen Zettel aus einer Pappschachtel mit einer Nummer drauf und wir haben gesessen in einem Korridor vor einem Schild an der Wand auch mit Nummern drauf welche haben geblinkert immerzu und ich hab gegriffen ihre Hand und hab ihr gesagt wie verloren ich wär gewesen ohne sie mit der neuen Bürokratie für die neuen Nummernschilder auf den Automaschinen und dann ist erschienen auf dem Schild an der Wand die Nummer auf dem Zettel welchen mein Weib genommen hat aus der Pappschachtel und wir sind eingetreten in ein Zimmer in welchem gesessen hat wieder eine Sachbearbeiterin und mit dicken Fingern hat gehämmert auf einem Computer und mit dem Mund gemacht wie ein Frosch und mit der Nase wie eine Katze.

Und haben wir gesessen und gewartet in dem Zimmer bis die Sachbearbeiterin hat gelesen was gestanden hat auf dem blauen Bogen Papier von dem großen Boss von der Abteilung und ist fertig gewesen mit ihren Beschäftigungen und hat endgültig abgestempelt die Steuerkarte und uns geschickt mit der Steuerkarte und der neuen Nummer für meine Automaschin auf einem Zettel zu einem Container im Hof hinter dem großen Gebäude in der Straße genannt Alt-Friedrichsfelde in welchem sich schon hat etabliert ein privater Nummernschildanfertiger weil nämlich hinter der neuen Bürokratie welche sitzt wo früher gesessen haben die Genossen von dem Ministerium für Staatssicherheiten folgt direkt und unmittelbar die Marktwirtschaft, die freie. Und wie wir dann gewesen sind bei dem Container hat mein Weib abgeschraubt das Nummernschild von der alten DDR von unserer Automaschin und hat angeschraubt das wiedervereinigte neue mit welchem uns versorgt hat die freie Marktwirtschaft, und ist sie danach gewesen ganz fix und ganz fertig, aber ich war noch fixer und fertiger obwohl mein Weib sich hat aufgeopfert wirklich und wahrhaftig und ich nur gelitten hab im Innern von meiner Seele an dem Trabbel und dem Hin und Her und dem ganzen Meschukkahs mit der neuen Nummer auf dem Nummernschild von unsrer Automaschin und dem Stempel auf der Steuerkarte und was noch, welch alles die neuen Bürokratien haben verlangt von uns weil wir doch jetzt sind ein einig Vaterland.

Bojberik
in dem Atlantik

Bojberik ist eine kleine Insel in der Mitte von
dem Meer, welches die Seeleute nennen den Atlantik und wo auf der anderen Seite von dem
Meer sich die Stadt New York befindet und die
Stadt Miami und auf unserer Seite liegt Afrika
mit der großen Wüste Sahara, von wo der Wind
den feinen Sand herbläst über das Wasser bis
hin nach der Insel Bojberik und auf unser Auto
dort, welches wir gemietet haben von dem kleinen Spanier mit der kleinen Aktentasche auf
dem Flugfeld von Bojberik.

Was geht ihr nicht nach Bojberik, hat der
Rabbi gesagt, bei dem Trabbel welchen ihr zwei
habt nach so vielen Jahren Leben zusammen
und schreit gegeneinander bei den Mahlzeiten
und auch wenn ihr geht in euer Bett, Bojberik
ist besser wie eine Behandlung, eine psychiatri-
sche, und ein Sanatorium mit Medizinen und

mit autogenen Sprüchen und besser sogar wie meine eigenen rabbinischen Ratschläge welche man nennt auf Jiddisch Eijzes.

In Bojberik haben gelebt wie eine Urbevölkerung die Bojbers von welchen jetzt noch ein paar davon hin und herziehen durch die Wüste Sahara mit ihren Schafen und Ziegen und Dromedaren, und welche sie haben auch mitgebracht von dort mit ihren Schiffen und Booten nach der wilden Insel mit den hochgetürmten Bergen wie von einer großen vulkanischen Explosion und welche sind heut noch da mit nackten Felsen von welchen man kann erkennen die ganze Geologie und was sonst noch da ist vom Anfang von Bojberik, und die Ziegen laufen herum mit großen Eutern und machen verschiedene Ziegenkäse, aber was gewesen ist die Urbevölkerung, also die eigentlichen Bojbers, diese hat geschlagen und zermalmt ein Herr von Bethancourt schon, welcher gelandet ist mit einer Bande von normannischen Rittern auf Bojberik so um das Jahr 1400 und dort gegründet hat die Hauptstadt Bethancuria mit einer kleinen Kathedrale für einen Bischof, aber ist nie gewesen ein Bischof dort weil der Herr von Bethancourt

nicht genug Pesetas gehabt hat um den Herrn
Bischof zu halten in dem Stil an welchen ein
Herr Bischof gewohnt ist, und später haben die
Leut auch nicht viel Geld gehabt, besser wär
schon gewesen sie hätten sich gehalten einen
Rabbi.

So sind wir gekommen mit einem Aeroplan,
mein Weib und ich, zu dem Flugfeld von Bojberik von Schönefeld her bei der Hauptstadt Berlin und haben dort auch den kleinen Spanier
gefunden mit seiner Aktentasche welcher uns
dann hat das kleine Auto gegeben welches hat
keinen Gang gehabt für Rückwärts so daß mein
Weib hat uns fahren müssen mit größtem Ge-
schick und mit Vorsicht zu ein paar Häuseln am
andern Ende von der Insel in was nicht mal ist
eine richtige Siedlung und welche heißt mit Namen Pisco da Pasco und im Besitz ist von einer
deutschen Frau welche gebraucht ein deutsches
Ehepaar zu verwalten die Häuseln, und wo
mein Weib und ich haben gemietet das eine
Häusel für unsere nebbich zwei Wochen Erho-
lung von unsern Trabbels und nervösem Streit
und Disputen, so wie ist gewesen die Eijze von
unserm Rabbi, und weil auf Bojberik in dem

Atlantik ein Haufen Sonne ist und blaues Wasser von der feinsten Qualität und wohltemperiert.

Und haben wir auch gleich wieder angefangen mit einem Konflikt, weil mein Weib ist ein großer Fußgänger und ist gegangen in den Untergang von der Sonne und die fallende Dämmerung einen Fußausflug machen den Strand lang und ist nicht wiedergekommen bis ich mir die größten Ängste gemacht hab und hab die Verwaltersfrau gefragt was kann sein mit meinem Weib und diese hat mich angekuckt ganz komisch und hat gesagt sie wird gehn nach dem Strand kucken mit einer Taschenlampe nach meinem Weib. Und wie die Verwaltersfrau ist losgegangen mit ihrer Taschenlampe wer kommt heraufgeklettert aus der Dunkelheit welche schon ist hereingebrochen an dem Strand?

Nu wer? – Mein Weib.

Und die Verwaltersfrau erzählt ihr was für ein liebender Gatte ich bin, und sie anstelle von meinem Weib würd sich freuen über so einen Gatten, und was noch so Sprüche sind von den Weibern wenn sie aufhetzen wollen eine die andre gegen Gatten welche es gut meinen mit ihren Gattinnen an fremden Stränden in der hereinbrechenden Dunkelheit. Und hat mein Weib darauf bekommen eine große Verärgerung auf mich; aber was soll einer machen wenn er sich nu mal sorgt um sein Weib an fremden Stränden wo alles schon dunkel wird draußen?

Und hat mein Weib gehabt eine große schöne Idee wie wir können kommen nach der westlichen Seite von der Insel Bojberik welche ist ganz felsig und wild und können bekucken das stürmische Meer von dort ohne daß ich muß zerbrechen meinen Fuß auf der Fußwanderung. Wir nehmen unser kleines Auto welches hat uns vermietet der kleine Spanier mit seiner Aktentasche und fahren quer über die ganze Insel einen wilden steinigen Weg hoch welchen meistens benutzen die Ziegen bis hinauf zu der dramatischen Aussicht auf die schäumenden Wogen von dem Atlantik.

Und sind wir abgebogen von der vernünftigen Straße in den wilden steinigen Weg, und vorbei an einem Haufen Ziegen mit großen Eutern welche haben geschaukelt hin und her, bis nur noch gewesen sind große Steine und der Weg hat geendet, und mein Weib hat gesagt, komm, wir laufen weiter zu Fuß, sind nur noch ein paar hundert Schritte, und ist ein bissel Laufen auch gut für die Zirkulation von deinem Blut und für deine Beine.

Haben Sie, mein Herr und meine Dame, vielleicht schon mal gemacht einen Fußmarsch über Gestein, lauter vulkanisches, wo einer glaubt, nu hat er's geschafft und er ist endlich oben und dann tut sich auf eine Sicht auf neues Gestein, ebenso zerklüftet, wo er muß auch noch hinauf? Und dieses immer und immer wieder und nochmal? Und bin ich mehr und mehr ermattet geworden, und nach vielen und vielen Gesteinen, alle vulkanisch, welche wir haben erklommen bin ich zusammengesunken wie ein Ziegenbock welchen sein Hirt hat getreten in das Ende von seiner Wirbelsäule.

Aber mein Weib ist von einer härteren Konstitution wie ich und ist weitermarschiert und ist zurückgekommen zu mir wie die alten Griechen welche sind gekommen von Persien zurück ans Meer und haben gerufen, Thalassa! Thalassa! und ist gekommen und hat gerufen, Komm!

Mit dem Inkerle an der Hand / Komt man
durch das ganze Land.

Wirst nie wieder in deinem Leben sehen eine solche Aussicht! Und ich hab mich aufgerafft und bin aufgestanden von dem alten Gemäuer von den Bojbers, welche sind die Ureinwohner von Bojberik, und gegen welches ich hab gesessen und gelehnt wie wenn ich hätt gehabt eine ganz zerbrochene Wirbelsäule und hab mich geschleppt noch ein Stück den Berg hinauf und hab gesehen die wilde schäumende Brandung von dem Atlantik ganz blau und mit weißer Gischt und hab mir gedacht, was für ein Weib ist doch mein Weib welche hat einen richtigen Willen und kommt zu mir zurück von der Spitze von dem Felsen und sagt, Thalassa, Thalassa! und ich sag, bist schon meine Liebste, und ich bin froh daß wir sind geflogen nach Bojberik in dem Atlantik und werfen unsern Blick auf das Meer von der westlichen Seite von der Insel.

Und so hat sich herausgestellt, daß mein Weib hat recht gehabt die meisten Male wann es gegeben hat einen Disput zwischen meinem Weib und mir, und hat auch recht gehabt wann sie ergriffen hat eine Initiative wie wenn sie arrangiert hat die ganze Reise nach Bojberik mit

der Frau welche besitzt die Häuseln von Pisco
da Pasco mit der Sonne und dem Meer welches
die Seeleute nennen den Atlantik, und wenn
auch gewesen ist mancherlei Anstrengung wie
mit unserm kleinen Auto auf der Gebirgsstraße
mit den vielen scharfen Kurven nach der Hauptstadt Bethancuria wo wir die Kathedrale von
dem Bischof besichtigt haben und noch andere
Kirchenschätze, so haben wir uns doch ganz
schön erholt und haben ein schöne Farbe bekommen auf unserm Gesicht und auf andern
Teilen von unsern Körpern, und ich hab gehabt
lauter gute Gefühle für mein Weib und mein
Weib hat gesagt daß sie auch lauter Keimlinge
von guten Gefühlen hat für mich, und ist also
doch richtig gewesen die Eijze von dem Rabbi
wie er gesagt hat wir sollen gehen nach Bojberik
es ist besser wie eine Behandlung, eine psychia-
trische.

Und ich möcht annehmen wir sind uns auch
näher gekommen zueinander, mein Weib und
ich, und nicht nur in unsern zwei Wochen Er-
holung nebbich und auf der Insel Bojberik in
dem Meer welches die Seeleute nennen Atlantik, nein, es wird auch haben eine Nachwir-

kung zuhaus dann und an gewöhnlichen Tagen wo ich sitz und schreib und mein Weib pusselt herum und sagt zu mir bitte tu das und tu jenes, und ich tu's, und das, glaub ich, ist auch Liebe.

Bojberik
an dem großen Fluß

Sind wir gefahren nach Bojberik an dem großen Fluß, und umsonst dazu, nämlich in einer
großen Dienstlimousine von der Regierung von
dem Land dort, und placiert haben sie uns in
ein vornehmes Hotel, in einer Suite gar, einer
eleganten, mit einem Zimmer zum Schlafen
und einem Zimmer zum Sitzen, und mit Früch-
ten auf dem Tisch zum Essen, auch umsonst,
und einem Schränkel mit alkoholischen Drinks
drin in kleinen niedlichen Flaschen. Ist nicht
schlecht zu haben eine Suite, sag ich zu meinem
Weib, mit großen Fenstern durch welche man
hat einen Ausblick auf den großen Fluß welcher
vorbeifließt mit großem Verkehr drauf, nach
links und nach rechts wird gefahren, lauter
Schiffe, aber nach rechts fahren sie schneller,
weil es ist flußabwärts, und wo man auch sieht
den schönen Promenadenweg welcher führt

entlang dem Flußufer, und weiter weg die Ausläufer von dem Siebengebirg mit einem gar hohen Gipfel dabei auf welchem steht eine mächtige Burgruine, heißt Drachenfels.

Und mein Weib sagt zu mir, vielleicht laufen wir auf dem Promenadenweg ein bissel weil du brauchst Bewegung nach der langen Reise in der großen Dienstlimousine nämlich damit dein Blut wieder in Bewegung kommt und Sauerstoff bringt in dein Gehirn und in deine anderen Extremitäten und du jung bleibst im Geiste und überhaupt, und außerdem ist es eine schöne Landschaft.

Und ich frag sie, Muß das sein, wieder so ein Fußmarsch? Und mein Weib sagt, Willst du nicht jung bleiben im Geiste? Natürlich will ich jung bleiben im Geiste, und so laufen wir, mein Weib und ich, nachdem wir gehabt haben unsern Kaffee den ganzen Promenadenweg entlang, und wirklich und wahrhaftig spür ich wie sich der Druck auf mein psychosomatisches Gedärm löst ein bissel welchen ich hab von den vielen Zores mit meinem Literaturgeschäft und weil ich mich ständig kümmer um alles um mich rum obwohl mein Weib mir sagt ich soll mich nicht immer einmischen.

Und wohin laufen wir, frag ich, morgen wenn die Freunde kommen uns besuchen wenn wir nun schon kennen den Promenadenweg den großen Fluß entlang mit der Landschaft?

Kuckt mich mein Weib an wie wenn ich wieder nicht wüßt daß ich jung bleiben muß im Geiste auch auf Reisen, und sagt, Hinauf zu dem Drachenfels natürlich!

Und ich kuck hinauf in die Höh wo die Burgruine verschwimmt im Nebel so hoch liegt sie, und mir wird ganz mewulwel in meinem Kopf und ich denk, so hoch hinauf, und ob ich nicht hab genug Zores auch ohne Fußmärsche und eine Bergerklimmung dazu, und ich erinner mich wie mein alter Freund der Doktor Kohn selig mir hat erklärt wo einer wie ich hingehört, nämlich ins Kaffeehaus, aber dann fällt mir ein daß es gibt eine Zahnradbahn hinauf auf den Drachenfels und ich lob mir die fortschrittliche Technik in Bojberik an dem großen Fluß und sag zu meinem Weib, Also bitte, gehn wir hinauf auf den Drachenfels zum Ausblick über den großen Fluß welchen die Dichter haben so häufig besungen und welcher sich da windet durch die Landschaft, und um zu stippen unsere Seele in germanische Folklore.

Und wie die Freunde kommen, er hat nebbich gehabt eine Operation bei welcher er ist beinah gestorben drüber aber sein Weib ist umso besser zu Fuß, besteigen wir die Zahnradbahn und fahren steil in die Höh, und mir ist ganz ängstlich zumut und ungut im Gedärm weil ich bin so sensibel und ich denk mir, wenn nun ein paar Zähne abbrechen täten von dem Zahnrad es wär kein Halten mehr und wir würden rasen in den Abgrund und hinein in die Wellen von dem großen Fluß.

Aber Gott, sein Name sei gepriesen, hat die Zähne alle am Zahnrad gelassen und wir sind angelangt am Restaurant oben auf dem Drachenfels und haben uns gestärkt mit Kaffee und mit Hefekuchen und sind herumgelaufen auf einer Terrasse und haben gekuckt von verschiedenen Stellen durch ein Fernrohr nach unten, der reinste Goyim Naaches, und sind gekommen zu einer Maschine aus bemaltem Blech mit Knöpfen dran wo man drauf drückt und einem kleinen Spiegel oben, wo man drin sich selber sieht wie man drückt auf die Knöpfe, und heraus kommt ein Zettel auf welchem ist gedruckt dein Biorhythmus, und was du haben wirst für

ein Schicksal für den nächsten Monat und wie
deine Kräfte sein werden und deine seelischen
Zustände und wie der Intellekt welchen jeder
hat aber mein Weib ganz besonders, und wenn
du noch einmal hereinsteckst eine Mark Geld
in den Schlitz von der Maschine kommt heraus
ein richtiges Horoskop, und zwar weil in der
Maschine ist ein Computer, und ich les alles
über meine Eigenschaften, gute wie schlechte,
gedruckt auf dem Zettel welcher da ausge-
spuckt worden ist von der Maschine, und es ist
ganz verrückt alles stimmt genau: wie ich bin
die Gleichmut in Person aber sehr lieb sonst
und mit Initiative, eine wahrhaftige Seele von
Mensch wo jeder stolz sein kann und glücklich
wenn er verheiratet ist mit einem Mann wie diesem; aber dann steckt mein Weib noch eine
Mark Geld in den Schlitz von der Maschine und
holt raus den Biorhythmus und das Horoskop
von dem Weib von unserm Freund, und wie ich
da les ihren Zettel steht auch da daß sie ist die
Gleichmut in Person aber sehr lieb sonst und
mit Initiative, und ich sag zu meinem Weib es
muß doch geben einen Unterschied zwischen
mir und dem Weib von unserm Freund, oder

hat die Maschine was verwechselt in ihrem Computer, und mein Weib sagt eine solche Maschine irrt schon nicht und noch dazu sagt sie wir wollen zu Fuß zurücklaufen nach Bojberik unten im Tal von dem großen Fluß und ich erreg mich und spür wie die Erregung sich schlägt auf mein psychosomatisches Gedärm, und wie wir endlich wieder ankommen unten im Tal, nach steilem Abstieg und vielem Ungemach, denk ich ich kann's nicht mehr halten in meinem Gedärm, und steht da ein Kiosk mit einer kleinen Tür daneben, und ich kuck rein in das Gelaß hinter der kleinen Tür und seh daß es ist was ich such und stürz mich hinein und leg ab auf dem Fensterbrett meine Handtasche, meine lederne, welche ich trag an einem Riemen um mein Handgelenk, nämlich damit ich ausziehen kann meinen Paletot, und laß runter meine Hose damit ich verrichten kann meine Verrichtung, und draußen steht der Freund welcher gehabt hat die Operation wo er fast dran gestorben ist und ruft ich soll schon machen weil nämlich die Leute von dem Kiosk wollen schließen ihr Geschäft und die kleine Tür auch und sie werden mich einsperren wenn ich nicht

mach, und ich mach so schnell ich nur kann
und richt meine Kleidung hinterher und wie
ich dann draußen bin endlich und wir laufen,
mein Freund und ich, und treffen mein Weib
und sein Weib und wollen uns setzen auf die
Terrasse von einem Café um auszuruhen und zu
trinken ein Viertel von dem Wein, dem örtli-
chen, weil an dem großen Fluß wächst Wein, er-
schreck ich mich auf einmal und schrei auf,
Meine Tasche! Wo ist meine Tasche? Meine lederne Handtasche mit dem Riemen dran für
mein Handgelenk und mit all meinen Papieren
und den Schecks drin und was noch! Und mein
Weib sagt, Nu, wo wird sein deine Tasche, kuck
unter den Tisch vielleicht liegt sie da! Und ich
brech aus in ein Gejammer und ruf, Wie kann
meine Tasche unter dem Tisch liegen wenn ich
weiß ich hab sie gelassen, in meiner Erregung,
in dem Gelaß hinter der kleinen Tür neben
dem Kiosk welcher steht an dem Ufer von dem
großen Fluß und wo ich verrichtet hab meine
Verrichtung, was mußt du auch herausholen
von der Maschine meinen Biorhythmus wo
drauf steht daß ich bin die Gleichmut in Person
wenn ich in Wahrheit bin so erregbar und hitzig

und ein Bündel von Nerven und vergeß meine lederne Handtasche und alles!

Und ich renn los, zurück zu dem Kiosk, verflucht soll er sein. Und rennt mit mir mein Freund welcher die Operation hat gehabt aber mich trotzdem nicht allein läßt in meiner Not, auf alle jüdischen Kinder gesagt so ein treuer Freund, und zusammen rennen wir das Ufer entlang von dem großen Fluß obwohl ich keinen Blick hab für landschaftliche Schönheiten und für die Wellen auf dem Wasser und den Schiffsverkehr welcher geht flußauf und flußab, und natürlich ist der Kiosk zu und die kleine Tür von dem Gelaß ist verrammelt und verschlossen und kein Rütteln nützt was und kein Schütteln und ich bin verloren wie Joseph einst welchen seine Brüder gestürzt haben in die Grube in seinem bunten Rock bis die Expedition ist vorbeigekommen, die ägyptische, und hat ihn rausgeholt.

Und wie ich zurückkomm zu meinem Weib, ganz zerbrochen und zerknetscht, und ihr sag, Was nützt mir mein ganzer Biorhythmus welchen du hast eingehandelt auf dem Drachenfels für eine Mark Geld von der Maschine wenn ist

weg meine lederne Handtasche, da kuckt sie hinaus über den großen Fluß und hat einen Ausdruck in ihrem Blick wie Moses als er gekriegt hat die Gesetztafeln von Jenem da oben persönlich und sagt zu mir, Ich weiß, du wirst zurückkriegen deine Tasche. Und ich sag, Wieso weißt du? Und sie sagt, Ich weiß eben, und ich weiß wenn sie so sagt, Ich weiß eben, dann weiß sie.

Und dann schleppt sie mich zu einem altmodischen Haus gleich hinter unserm vornehmen Hotel wo ist die Bojberiksche Polizei drin, und sitzt da ein Bocher in einem gelben Hemd wie ein Sheriff und kuckt, und ich erzähl ihm von wie wir gewesen sind auf dem Drachenfels und wie mein Weib hat geholt aus der Maschine meinen Biorhythmus welcher gewesen ist genau wie der Biorhythmus von dem Weib von unserm Freund welcher gehabt hat die schwere Operation, und wie ich mich erregt hab und hab vergessen meine lederne Tasche mit all meinen Papieren drin und Schecks und was noch wie ich verrichtet hab meine Verrichtung in dem Gelaß hinter der kleinen Tür neben den Kiosk welcher steht an dem Ufer von dem großen Fluß.

Nickt der Bocher und sagt, Ich werd veranlassen das Nötige.

Veranlassen? sag ich. Das Nötige? Nötig ist daß Sie gehen selber jetzt, Herr Hauptkommissar, und schließen auf die kleine Tür neben dem Kiosk Sie müssen doch haben einen Nachschlüssel für die öffentlichen Bojberikschen Türen welche verrammelt sind und verschlossen, oder auch einen wie man sagt Dietrich es könnt ja Gott behüte ausbrechen ein Feuer in Bojberik oder Mord und Totschlag und Sie müssen eindringen an den Tatort. Oder auch Sie nehmen Ihr Pistol und schießen kaputt das Schloß von der kleinen Tür neben dem Kiosk und wir können hineingehen auf der Stelle in das Gelaß wo ich hab verrichtet meine Verrichtung und sehen, ob meine lederne Tasche noch liegt auf dem Fensterbrett von dem Gelaß mit allen meinen Papieren und Schecks und was noch.

Und ich seh wie der Bocher mich ankuckt wie wenn ich wär ein Meschuggener, dabei hab ich ihm nur gesagt was ganz Selbstverständliches, und ich spür wie mein Weib mir tritt vor mein Schienbein und hör wie sie flüstert, Du mit deinem Eijzes wenn du so gut weißt was sie tun sol-

118

len bei der Bojberikschen Polizei was bist du nicht selber ein Detektiv hier? Und sie lächelt so süß auf den Bocher und der Bocher fragt wo er sie kann erreichen und sie lächelt wieder, nur noch süßer, und sagt zu ihm, In der Suite drüben in dem vornehmen Hotel, ist nicht schlecht zu haben eine Suite, Herr Hauptkommissar.

Sagt der Bocher, Sie werden hören von mir, und lächelt ihr auch zu wie ein Galant. Woran Sie erkennen können ich hab einen Instinkt für wie man sagt Nuancen obwohl ich immer nur denk an meine lederne Handtasche. Und wie wir zurück sind in unserm vornehmen Hotel gehen wir zusammen mit meinem Freund und dem Weib von meinem Freund in die Gastwirtschaft und trinken was man nennt einen Apéritif, und mein Freund und sein Weib fangen an mich zu trösten und mein Weib tröstet mich auch, und sie sagen in einer richtig schönen Übereinstimmung daß es Dinge gibt welche noch schlimmer sind wie eine verlorene lederne Tasche mit Papieren drin und Schecks und was noch, und mein Freund erzählt, wie er gelegen hat auf Leben und auf Tod im Spital und hat gehabt den schrecklichsten Schmerz.

Aber deine Tasche hast du gehabt, sag ich, und mein Weib sagt, ich soll nicht sein so gefühllos wo doch auf dem Papier mit meinem Biorhythmus steht geschrieben ich hätt ein so weiches Herz. Und kommen mir gleich die Tränen geschossen in mein Auge, so ein weiches Herz hab ich voll von Mitleid mit der Menschheit aber hauptsächlich mit mir selber, und mein Gedärm ist auch wieder affektiert und ich muß gehen in das Gelaß im Keller, so ein vornehmes Hotel ist das daß man verrichtet seine Verrichtung im Keller und ich setz mich hin bis mir ist leichter zumut und such meine lederne Tasche bis mir einfällt ich muß gar nicht mehr aufpassen auf die Tasche nämlich weil sie weg ist.

Doch wie ich wieder raufkomm aus dem Keller seh ich mein Weib stehen an der Rezeption zusammen mit unseren Freunden und zwei neuen Bochers dazu in gelben Hemden und mit Mützen auf dem Kopf wie die Admirale welche herumsausen in großen Schnellbooten auf dem großen Fluß und der eine Bocher redet was mit meinem Weib und der andere hat am Riemen hängen an seinem Handgelenk meine lederne Tasche und ich renn hin mit zitternden

Knien und mit Atemlosigkeit und der Bocher mit der Tasche am Handgelenk hält diese mir hin und sagt, Ist sie das? Und wie ich ausbrech in ein Gestammel von Glück und von Dankbarkeit sagt mir der Bocher, Kucken Sie erst mal ob drin ist alles was drin war wie Sie haben liegenlassen Ihre Tasche, und ich frag, Haben Sie zerschossen das Schloß von der kleinen Tür mit Ihrem Pistol? und er sagt, Wir haben geholt die Frau welche besitzt den Kiosk und haben ihr gesagt sie soll aufschließen die kleine Tür, und ich sag, Aber sonst hätten Sie zerschossen das Schloß von der kleinen Tür? und der Bocher sagt, Für einen wie Sie, mit so einem liebenswürdigen Weib, hätten wir zerschossen ganz Bojberik, und sind wir gegangen nächsten Tags und haben gekauft drei schöne Bücher von mir und sie geschenkt, mit einer ordentlichen Widmung drin, den drei Bochern welche haben mir alles wiederverschafft, ein Buch jenem der das Nötige hat veranlaßt und die andern den zwei Bochern welche haben wollen zerschießen das Schloß von der kleinen Tür von dem Gelaß neben dem Kiosk welches steht an dem Ufer von dem großen Fluß wo ich hab verrichten müssen meine Verrichtung in solcher Eile daß ich hab vergessen meine lederne Handtasche.

Und dann sind fortgegangen die Bocher und auch unsere Freunde und wir sind gewesen allein in unserer Suite, mein Weib und ich, und ich hab zu ihr gesagt, ich werd dir verraten ein Geheimnis, nämlich daß ich bin ganz müde und erschöpft, seelisch, und paß du auf meine lederne Handtasche auf wenn wird kommen morgen die Regierungslimousine und uns fahren zu dem Saal wo ich werd halten meine große Rede für das Publikum und für was man nennt die Honoratioren von dem Land. Denn du hast Augen welche sind klarer wie meine und auch mehr Verstand, meistens, und kein so ein psychosomatisches Gedärm, und einen Biorhythmus, auf alle jüdische Kinder gesagt, so ein Biorhythmus.

Eine Freudsche Fehlleistung

In Jerusholayim der Heiligen Stadt hab ich mich umgekuckt auf dem Basar und hab gekauft in einem Laden in welchem sogar die Betrüger drin aussahen wie ehrliche Leut ein Halsband ein echt goldenes mit einem Anhänger dran und ist der Anhänger gewesen eine alte Münze von der römischen Zeit mit einem Bildnis drauf von einem römischen Kaiser im Profil welche ist gefaßt in echt Gold und dazu ein Dokument worauf ist geschrieben der Name von dem Kaiser und daß die Münze hat man gefunden in der Stadt Hebron und hab ich gebracht das Kettchen mit dem Anhänger zu meinem Weib und ihr gehängt um ihren Hals.

Und ein paar Jahr später wie wir beide sind gewesen am Toten Meer und ich hab gekriegt einen Schmerz mit Hexenschuß sind wir gegangen zu einem Schmuck-Shop in einem Schtettl auch am Toten Meer und dort hat gesehen mein Weib zwei Ohrringe und einen Fingerring auch von Gold und mit echten Münzen drin von römischen Kaisern und hat gesagt zu mir ich soll sie ihr kaufen und ich hab gekauft die Ohrringe und den Fingerring so sie hat gehabt mit dem Kettchen mit dem Anhänger dran eine zusammenhängende wie man sagt in Amerika Combineeschn welche sie hat gepackt in einen Beutel von rotem Leder mit einem Schnürl dran.

Und wie wir sind dann gefahren nach Bojberik in der Schweiz in ein Sanatorium mit schwefligen Gewässern hab ich gekriegt eine Meschukkahs und hab gesagt wir müssen auch fahren nach Zimmerwald und uns ansehen das Gasthaus wo ist gewesen die große Konferenz von Lenin und von Trotzki und anderen bekannten Menschen wo sie haben geredet von Revolution und von der Zukunft von der Arbeiterklasse und anderen großen Begriffen, und so sind wir gefahren mit einer Automaschin welche ich hab gemietet, und in Zimmerwald sind wir rumgerannt wie ein Paar von Meschuggenen sogar zu einem Herrn Brönnima aufm Berg welcher hat gewußt alles über Zimmerwald, aber haben wir nicht mehr gefunden das Gasthaus weil die Schweizer wollen nur wissen von ihrem Tell mit seinem Apfel welchen er hat beschossen mit seiner Armbrust und nicht so sehr von Zimmerwald und der großen Konferenz dort, und sie haben zertrümmert und abgerissen das Gasthaus wo hat stattgefunden die Konferenz und haben hingebaut anstatt eine Bank eine moderne und ein Postamt.

Und am Tag danach wie wir sind schon gewesen zurück in Bojberik und bei den schwefligen Gewässern sagt doch mein Weib ganz plötzlich, Wo ist mein Schmuck? und ich sag, Nu, wo wird sein dein Schmuck, in deinem Sekretär mußt eben kucken in den Fächern. Und mein Weib sagt, ich hab schon gekuckt. Und ich sag, ich geh in die schwefligen Gewässer und werd selber kommen kucken wenn ich bin zurück.

Und haben wir gekuckt und gekuckt in alle Ecken und Fächer von dem Zimmer, unter die Schränk und unter das Bett und in die Koffer und Taschen zum Tragen, aber war da kein Beutel von rotem Leder und kein Schmuck, und mein Weib hat geweint und gejammert nebbich weil sie sagt es ist gewesen ihr einziger Schmuck welchen sie hat von Herzen so richtig geliebt. Und hab ich gesagt, das Personal wird haben gestohlen deinen rotledernen Beutel mit dem Schmuck drin mit den Münzen wo drauf sind die Profile von den römischen Kaisern und müssen wir reden mit dem Manager von dem Sanatorium wegen der Versicherung und mit der Polizei von der Schweiz, und hat mein Weib wieder geweint dicke Tränen und ich hab gesagt ich werd dir kaufen einen neuen Schmuck mit Münzen von den römischen Kaisern aber sie hat gesagt sie will nicht haben einen neuen Schmuck weil sie hat einen Eigensinn und ist traurig.

Und hab ich geredet mit dem Manager und ist gekommen die Hausdame und hat gesagt ob sie dürft selber kucken nach dem Schmuck in dem Beutel von rotem Leder und hat gesagt das Personal sind ehrliche junge Leut von Italien und sind nicht Mafiosi und mein Weib hat gesagt, Kucken Sie ruhig, Madame, und hat die Hausdame gekuckt in allen Ecken und Winkeln und Fächern und in unsern Koffern und Taschen zum Tragen aber ist gewesen kein

Schmuck mit römischen Münzen gefaßt in echtem Gold und hat sie angekuckt mein Weib mit großen Augen welche auch haben geschwommen in Tränen und hat geschworen, nein, es ist nicht ihr Personal, und da hat mein Weib ganz plötzlich sich erinnert und hat gesagt wie sie ist nochmal gegangen in unser Zimmer am Tag wo wir sind gefahren nach Zimmerwald und hat geholt aus ihrem Sekretär die Schlüssel von unsrer Automaschin und hat dort liegen gesehen den Beutel von rotem Leder mit dem Schmuck drin und hat den Beutel gegrapscht mit ihrer Hand und ihn runtergenommen zu der Automaschin und hat ihn gesteckt in das Handschuhfach von der Automaschin wo ich hab schon dringehabt meine Kamera.

Und, sagt sie noch, wie wir sind gekommen nach Zimmerwald und ich hab nicht gefunden das Gasthaus wo ist gewesen die große Konferenz mit Lenin und mit Trotzki und den andern bekannten Menschen hab ich gehabt eine große Panik und hab gegrapscht meine Kamera und muß auch gegrapscht haben das Schnürl von dem rotledernen Beutel und hab den Beutel dann fallenlassen auf dem Parkplatz von Zimmerwald, alawei jawohl, und nu weiß die Welt endlich wer dran schuld ist daß weg ist der Schmuck mit den Münzen von den römischen Kaisern, nämlich ich. Und, sagt mein Weib, daß sie sich nicht gleich hat erinnert daß sie hat mitgenommen den Schmuck selber und hat ihn getan in das Handschuhfach von der Automaschin ist eine psychologische Fehlleistung wie schon hat beschrieben der berühmte Professor Sigmund Freud selig.

Und hat der Manager von dem Sanatorium gesagt wir müssen placieren eine Verlustanzeige in der Zeitung von Zimmerwald und er wird reden mit der Polizei dort daß sie sollen gehen zu dem Parkplatz und zu Herrn Brönnima aufm Berg und kucken ob der Beutel von rotem Leder mit dem Schmuck drin vielleicht liegt auf der Erde dort, und hat er aufgesetzt einen Text für die Anzeige, aber mein Weib nebbich hat nicht gehabt eine große Hoffnung daß sie wird wiederkriegen ihren Schmuck mit den echten Münzen von den römischen Kaisern gefaßt in echtes Gold und hat mich nur abgewehrt mit ihren Händen wenn ich hab nochmal gesagt ich werd ihr kaufen einen genausolchen Schmuck und hat sie gesagt es ist ein Opfer von ihr an die Götter wie hat geopfert ein gewisser Polykrates seinerzeit an die Götter seinen goldnen Ring mit einem großen Funkelstein dran und hat ihn geschmissen ins Meer zu den Fischen, aber dann hat der Koch aufgeschnitten den Bauch von dem größten Fisch und was hat gelegen in dem Bauch, nu was, der Ring von dem Polykrates. Und hat sie gesagt daß ein Opfer an die Götter ist notwendig für ihr Glück und ihr Masel, nur hätt sie lieber den rotledernen Beutel gleich selber weggeschmissen zu den Fischen, aber in den Nächten hat sie geweint heiße Tränen sodaß mir ist ganz gebrochen das Herz im Leib.

Und wie wir sind gekommen nachhaus von unserer Zeit in Bojberik in der Schweiz und sind gewesen ein paar Tag erst bei uns in Berlin, was klingelt? Nu, was wird klingeln, das Telephon, und ist am Telephon der Herr Manager von dem Sanatorium in Bojberik und sagt er hat den rotledernen Beutel mit dem Schmuck von echtem Gold mit echten Münzen drin von den römischen Kaisern und liegt der Beutel jetzt im Safe von dem Sanatorium und mir fällt der Hörer vom Telephon aus den Händen und ich denk es gibt doch noch ehrliche Schweizer in Zimmerwald wo war die große Konferenz mit Lenin und mit Trotzki und mit andern bekannten Menschen und ich frag an bei dem Herrn Manager wem soll ich zahlen einen Finderlohn, und er sagt ich muß nicht zahlen einen Finderlohn weil die Dame welche ist eingezogen in unser Zimmer nachdem wir sind weggefahren in unsrer Automaschin hat gefunden den rotledernen Beutel in einem von den Fächern von dem Sekretär und ist verheiratet mit einem reichen Schweizer und braucht nicht einen Finderlohn.

Und wie ich erzählt hab meinem Weib von dem Telephonat von dem Manager von dem Sanatorium in Bojberik da hat sie ihre Hände geschlagen vor ihr Gesicht und hat geschrien, Weh mir, ich bin meschugge! hat sie geschrien, denn wie ist gekommen, fragt sie, der Beutel von rotem Leder mit dem Schmuck drin hinauf in eins von den Fächern von dem Sekretär in unserm Zimmer in dem Sanatorium in Bojberik so daß die Dame welche ist eingezogen in unser Zimmer hat können finden den rotledernen Beutel mit dem Schmuck drin in dem Fach von dem Sekretär, und alles bittesehr ohne mein Wissen und Zutun?

Aber ich hab gesagt zu meinem Weib, nein, hab ich gesagt, du bist nicht meschugge, und auch wenn du solltst sein ein bissel meschugge ich lieb dich trotzdem, und dann hat sie gesagt sie muß haben genommen den Schmuck selber aus dem Handschuhfach in der Automaschin und hinauf in unser Zimmer und ihn haben getan in eins von den Fächern in dem Sekretär aber sie kann und kann sich nicht erinnern und es ist eine psychologische Fehlleistung von ihr wie hat schon beschrieben der berühmte Professor Sigmund Freud selig.

Aber, so frag ich sie, wie kommt es daß ich hab gegrapscht das Schnürl von dem rotledernen Beutel wie ich hab genommen meine Kamera aus dem Handschuhfach von unsrer Automaschin und hab fallenlassen den Beutel auf dem Parkplatz von Zimmerwald oder oben aufm Berg bei Herrn Brönnima? Und dann denk ich ich muß selber wieder aufgehoben haben den rotledernen Beutel mit dem Schmuck von echtem Gold mit echten Münzen drin von

133

den römischen Kaisern und hab ihn zurückge-
legt in das Handschuhfach von unsrer Automaschin und hab ihn dann heraufgebracht zu unserm Zimmer wie wir wieder sind zurückge-
wesen in Bojborik in der Schweiz und hab ihn
getan in eins von den Fächern von dem Sekretär in dem Zimmer, und hab dann gesucht danach und gesucht und gesucht weil ich mich
nicht hab gekonnt erinnern daß ich je gehabt
hab den Schmuck in meinen Fingern und daß
ich muß sein derjenige welcher hat geleistet
eine psychologische Fehlleistung wie hat schon
beschrieben der berühmte Professor Sigmund
Freud selig und der Meschuggene in unsrer Familie bin ich.

Und jetzt wenn mein Weib herausnimmt aus
ihrem Nachtschränkel zuhaus in Berlin den rotledernen Beutel und sich um den Hals hängt
ihr Kettchen mit dem Anhänger dran mit dem
Profil von dem römischen Kaiser und sich in die
Ohren steckt ihre Ohrringe und an den Finger
den Fingerring auch mit den Münzen drin von
römischen Kaisern, dann werd ich sehr still und
denk nach und wenn mein Weib dann will wissen, was bist du so still und denkst nach, dann

sag ich, ein Weib kann stellen Fragen wie nicht einmal könnt beantworten sogar der Professor Freud selig welcher hat erfunden die psychologische Fehlleistung und diese benannt nach sich selber.

Das Tischchen

Was wir machen werden zu Weihnachten? Am Baum werden brennen die Lichter und wir werden uns näherkommen, menschlich, mein Weib und ich und wer noch so kommen wird zu Besuch. Und es wird sein Feiertagsstimmung ganz wie bei den Goyim, ich mag das Wort Goyim nicht, es wird mir zuviel benutzt von den Goyim, also ganz wie bei den Nichtjuden, so eine Stimmung, und wir werden machen mit dem Tischchen, dem magischen. Wir werden stellen Fragen an das Tischchen, und das Tischchen wird antworten auf die Fragen, schriftlich bittesehr.

Was kucken Sie mich so an, Verehrter, so erschreckt? Genauso hab ich auch gekuckt wie man mir erzählt hat das erste Mal von dem Tischchen und hab geglaubt der Mann welcher mir erzählt hat davon ist meschugge oder, wie

sie heut sagen, schizophren: ein Tischchen welches antwortet auf Fragen, und schriftlich bittesehr, nein, so was gibt's doch nicht.

Aber das gibt es, ich schwör's Ihnen, Verehrter. Ich werd's Ihnen erklären, passen Sie auf.
Es ist nicht richtig ein Tischchen für Leute
zum Drumherumsitzen, vielleicht noch antik
und mit Beinen welche sind gedrechselt und
mit Furnier; es ist ganz einfach eine kleine Holz-
platte, kreisrund, im Durchmesser zwanzig Zen-
timeter oder so, muß auch nicht unbedingt
Holz sein Sie können auch Spanplatte nehmen
oder sowas, und unten dran fixen Sie drei Beinchen, nehmen Sie Holzdübel welche Sie können fertig kaufen das ist das Einfachste, und
eins von den Beinchen muß sein ein bissel kür-
zer, ein bissel nur, nämlich weil das wird werden
das Schreibbein und an dem Schreibbein machen Sie fest einen Bleistiftstummel oder ein
Stück Mine von einem Kugelschreiber. Sie können es festmachen mit Leukoplast oder mit Te-
saband, was Sie so haben, Verehrter, das Tischchen ist nicht empfindlich. Und dann nehmen
Sie einen großen Bogen Papier, weißes wenn
möglich, oder Sie können auch nehmen die

Rückseite von einer Tapete und legen das auf den Wohnzimmertisch bei sich zu Hause oder auf den Wirtshaustisch wenn Sie zufällig sind in der Kneipe, mit dem Tischchen können Sie reden überall das Tischchen ist nicht empfindlich, nur nicht zu laut darf es sein um das Tischchen herum das Tischchen muß können verstehen was Sie es fragen.

Und dann, passen Sie auf, Verehrter, nämlich weil jetzt kommt die Magie welche aber ist gar keine richtige Magie sondern Bioströme. Also stellen Sie hin das Tischchen auf das weiße Papier und tun Ihre Hände, Sie und Ihr Weib und wer sonst noch zu Besuch ist im Haus, auf das Tischchen, ganz leicht bittesehr, nicht so, daß Sie festhalten das Tischchen etwa wenn es will losmarschieren und schreiben auf dem Papier welches da liegt, und dann warten Sie.

Und dann knackt es. Sie werden hören, es knackt, und Sie wissen nicht, warum es knackt. Es knackt wie in alten Häusern wo Sie glauben es könnten sein Gespenster, aber natürlich sind da keine Gespenster weil bekanntlich es gibt nicht Gespenster, also so knackt es und es hat nichts zu tun damit daß das Holz von dem

Tischchen sich vielleicht könnt verzogen haben, weil nämlich es ist schönes abgelagertes Holz oder gar Spanplatte und diese verzieht sich nicht. Es sind die Bioströme.

Sie wissen nicht was das ist, Verehrter, Bioströme? Ich werd Ihnen erklären, passen Sie auf. Bioströme, das sind Energien, innere, geistige, wie wenn Ihr Weib Sie anstarrt und plötzlich wird Ihnen ganz anders im Gedärm und Sie denken was hab ich bloß wieder getan daß sie mich so anstarrt mit dem Ausdruck um den Mund herum wie der Rabbi wenn es ihm sauer aufstößt am Jom Kippur dem heiligen Versöhnungstag, mitten beim Fasten; und dieses, wenn Ihnen so anders wird im Gedärm, das sind die Bioströme. Die Bioströme kommen, wo sollen sie herkommen, aus dem Sonnengeflecht welches unsere Leut auch bezeichnen als Kischkes, nämlich Ihre Innereien, Verehrter, mit Niere und Leber und Bauchspeicheldrüse und was noch, und von den Kischkes her steigen die Bioströme hinauf durch das Mark im Rücken und teilen sich dann und strömen quer in die Schultern beide und wieder herab durch die Arme und Handgelenke und Hände bis in die Fin-

gerspitzen, und von Ihren Fingerspitzen her hinein in das Tischchen, und dann fängt es an zu knacken in dem Tischchen, und wenn es geknackt hat seine Zeit dann fängt das Tischchen an sich zu bewegen. So ein Tischchen ist das.

Sie spüren es, Verehrter, wenn das Tischchen anfängt sich zu bewegen, und vielleicht läuft's Ihnen ein bissel kalt über den Rücken, ein Tischchen welches knackt und sich bewegt und Kreise zieht und Buchstaben schreibt, ein J erst und dann ein a, also Ja, oder N-e-i-n, ganz deutlich und klar, Nein, oder wenn Sie möglicherweise werden wissen wollen eine Telephonnummer, auch das schreibt Ihnen das Tischchen oder wenn Sie rufen möchten Ihren Sejde, Ihren geschätzten Herrn Großvater, oder Ihre Babbe Gott hab sie selig, diese kommen dann und sie reden zu Ihnen durch das Tischchen, und das Tischchen wird Ihnen auch zeigen wo die teuren Verstorbenen haben Platz genommen, neben Ihnen oder neben Ihrem Weibe, je nachdem, und alles ganz deutlich und klar, und das ist nicht Zauberei etwa oder Magie, schwarze oder andere, das sind die Bioströme. Natürlich, wenn Sie ein Medium sind, Verehrter, dann geht es schneller, dann können Sie's auch allein und ohne die Bioströme von anderen Leuten, dann können Sie's mit nur einer Hand auf dem Tischchen oder meinetwegen auch nur drei Fingern wie bei der angeheirateten Stiefnichte von meinem Weib welche heißt Petra, da stürmt das Tischchen los wie die Feuerwehr quer über den ganzen großen Wohnzimmertisch und schreibt wie wild, ganze Sätze, sag ich Ihnen, aber die Petra ist ein Medium; ich übrigens auch aber gegen die Petra bin ich als Medium ein Stümper. So ein Tischchen ist das.

Und was das beste ist an dem Tischchen: es lügt nicht. Warum soll es auch lügen? Ist doch nur ein Stück Holz, und was für Harm und Bösartigkeit soll sein in einem Stück Holz oder auch in einer Spanplatte? Sitzen wir doch neulich abend mit dem Tischchen, mein Weib und ich, und das Tischchen hat geknackt und ist fertig und bereit, und meinen Sejde haben wir das vorige Mal schon gerufen und meine Babbe und die Großeltern von meinem Weib auch und die geschätzten Großeltern von meinem Weib also haben schon auch nichts mehr zu berichten, und so sagt mein Weib zu mir, weißt du, sagt sie, ich werd das Tischchen fragen was ich schon lang hab wissen wollen nämlich ob du mich liebst wirklich und wahrhaftig. Und dabei kuckt sie mich so an mit ihrem Bioströme-Blick welchen ich Ihnen beschrieben hab bereits, und ich denk mir, das Tischchen wird doch nicht etwa, Gott behüte, Sie verstehen, Verehrter, jeder Fehler von dem Tischchen jetzt und in diesem Moment, das würde haben Folgen.

Also fragt sie, erst leise und ein bissel furchtsam, und wie das Tischchen nicht will so richtig und anfängt sich zu bewegen aber gleich wieder stoppt, fragt sie lauter und dann in dem Ton welchen sie hat wenn sie will wissen von mir wegen dem oder jenem, Tischchen, fragt sie, wen liebt der Stefan?

Stefan, muß ich Ihnen vielleicht noch erklären, Verehrter, Stefan bin ich, so heiß ich, ein sehr schöner Name, aus dem Griechischen, es hat auch gegeben einen Heiligen mit Namen Stefan welcher hat den Jesus auf der Schulter getragen über einen Fluß, einen reißenden, angeblich, aber ich hab mit dem Jesus nicht viel im Sinn, auch wenn wir feiern seinen Geburtstag bei uns im Hause, Sie verstehen,

Verehrter, im stillen feier ich Chanukkah da gibt's auch Kerzen und Kerzen sind Kerzen ob im Leuchter oder am Baum was ist der Unterschied, und es gibt Geschenke. Also, fragt mein Weib und ihr Ton ist geworden noch schärfer, jetzt sag schon, Tischchen, fragt sie, wen liebt der Stefan?

Und ich sitz und ich bete, Tischchen, tu mir die Liebe, bet ich, schreib Inge, I-n-g-e, denn so heißt mein Weib, und ich spür wie das Tischchen sich bewegt und anfängt zu schreiben und ich schließ meine Augen ich will nicht hinkucken was das Tischchen da schreibt und dann kuck ich doch hin und was steht da, klar und deutlich, die Buchstaben so hoch wie die Balkenüberschrift in der Bild-Zeitung oder der Sorte von Blatt: L-u-i-s-e, steht da, nicht Inge, Luise.

Und ich denk mein Herz bleibt mir stehen und meine Bioströme setzen aus wie ich das Gesicht seh von meinem Weibe. Luise, denk ich, das hat mir noch gefehlt, und geschrieben von dem magischen Tischchen auf Grund von Bioströmen, meinen eignen dazu noch, und ein paar vielleicht auch von meinem Weibe.

Aber, was weiß ich wieviel Zeit ist vergangen

inzwischen, dann seh ich wie ihr Gesicht aufleuchtet und richtig jung wird und schön und
wie sie kuckt auf das Tischchen und dann auf
mich, leuchtenden Auges kuckt sie und sagt,
Mein Gott, Luise, das bin ja ich selber!

Luise, das ist sie, Tatsache, auch. Wie ich sie
hab geheiratet und gesehen ihren Taufschein,
was schon her ist hübsch ein paar Jahre und der
Grund daß es mir nicht gekommen ist in meinen Kopf sofort und auf der Stell, hat auf dem
Taufschein gestanden in schöner sauberer
Schrift wie sie damals noch haben geschrieben
auf dem Standesamt: Inge Erna Else Luise Agnes
Elisabeth; weil nämlich bei den Goyim, ich mag
das Wort Goyim nicht so sehr, also bei den Nichtjuden, da hoffen sie das Neugeborene wenn es
ist weiblich wird erben einmal von seinen Erb-
tanten und so kriegt es gleich bei der Taufe zu-
sätzlich und gratis die Namen von diesen.

So ein Tischchen ist das, und alles ganz und
gar nur mit Bioströmen. Ein Wahrsagertisch-
chen, das werden Sie doch zugeben, Verehrter,
wie man sich eines nur wünschen kann, besonders wenn Sie sich vorstellen daß ich jetzt Erna
und Else und Agnes und Elisabeth noch freihab.

Grüne Männerchen

*I*st gut zu haben ein Weib welche kann zuhören mit Sympathie und mit Verständnis wenn du hast wie es heißt eine nervliche Krise und siehst grüne Männerchen und was einer noch so sieht in solch einem Zustand.

Fragt mich mein Weib wie sie gekommen ist und sich gesetzt hat auf den Rand von meinem Bett und mir getrocknet mein verschwitztes Gesicht, Mit wem hat du geredet? Und ich sag, Siehst du sie nicht? und sie sagt, Wen? Die grünen Männerchen, sag ich und erzähl ihr wie ich immer seh die grünen Männerchen, und sie fragt mich, wo, und wie sehn sie aus, genau, und ich sag, sie sind auch dagewesen gestern schon, die grünen Männerchen, und vorgestern, sie kommen pat-pat-pat ins Zimmer, ein paar haben vier Füßchen, andere sechs, die meisten nur zwei, und daß ich ihr nicht richtig sagen kann wer wie viele Füßchen hat und wie viele Männerchen es überhaupt sind, neun oder neunzehn oder noch mehr, und ob nicht vielleicht auch Weiberchen sind darunter, es ist ein einziges grünes Gezirp und Gewusel um mich herum die ganze Zeit, mal sammeln sie sich mal laufen sie weg von einander, und immer kucken sie mich an so treuherzig mit ihren Stieläugelchen mit welchen sie auch können kucken um die Ecke wenn es ist nötig aber wenn sie sind um mich herum kucken sie immer gerade auf mich weil sie haben Vertrauen zu mir, denk ich, und dann knautschen sie zusammen ihre kleinen grünen Gesichteln wie getan hat jener russische Trinker welchen hat gespielt der Puppenspieler Sergej Obraszow mit nichts weiter wie einem Damenstrumpf über seinen Puppenspielerfingern, und spricht aus ihren kleinen grünen Gesichteln eine innere Heiterkeit, eine so große, und eine Gelassenheit daß man könnt meinen sie wären gewesen ihr Leben lang schon bei mir und mit mir, die grünen Männerchen, aber sie haben gesagt sie wären gewesen wo anders vorher, und mein Weib fragt mich, wo, und ich sag wo anders eben was weiß ich wo, aber nu sind sie bei mir und mit mir.

Und hast du, fragt mich mein Weib, nicht auch gesehen lila Mäuse und rosa Elephanten, und ich hab gesagt, hab ich, nur die Mäuse sind wieder verschwunden, die lilanen, und auch die rosa Elephanten, aber die grünen Männerchen bleiben, vielleicht betrachten sie mich, sag ich zu meinem Weib, als ihren Quartiervater und fühlen sich wie zu Haus wo ich bin, sie kommen und gehen wie's ihnen beliebt, lassen Krümel und Papierschnitzel und schmutzige Strümpf auf dem Teppich, sie haben sich geholt zwei Aschbecher aus böhmischem Glas welche sie benutzen für ihre Notdurft und turnen, sobald ich mich hab niedergelegt, auf meiner Brust herum und meinem Bauche.

Und beim Frühstück dann fragt mich mein Weib, was ich hab lang schon erwartet, nämlich was sie von ihr halten, die grünen Männerchen, und ob sie Notiz nehmen von ihr überhaupt, und ich hab mich gefragt soll ich ihr sagen die Wahrheit sie könnt sein gekränkt aber dann hab ich gedacht ist besser die Wahrheit bei meinem Weib und hab ihr gesagt sie hätten gesagt, die grünen Männerchen, sie säh aus irgendwie komisch und bei ihnen hätten die Weiberchen ganz andere Reize und haben's mir aufgemalt, hier auf dem Zettel, schau dir's an. Und ich schieb ihr den Zettel hinüber, neben den Teller mit ihrem Frühstücksei, und da ist deutlich zu sehen drauf so eine kleine Grüne, en déshabillé was man nennt, mit spitzen Zitzkerles und andern Auswüchsen noch welche wir sind nicht gewohnt aber irgendwie sexy, und all das fein schattiert und sogar ein bissel dreidimensional.

Welchen Zettel, sagt mein Weib, ich seh keinen Zettel.

Und ich kuck an mein Weib, und ich spür wie mir ganz heiß wird im Kopf, und ich denk wie kann ich ihr zeigen was sie nicht sehen kann und wer hat nun eine nervliche Krise, sie oder ich, oder die grünen Männerchen?

Neugierig sind sie, die grünen Männerchen. Immer wollen sie wissen was ich so denk, hauptsächlich über die Geschöpfe welche anfüllen diese Gegend. Ob ich sie gut vertrag oder gar liebe, diese Geschöpfe? Oder stänken sie mich nicht an eher? Und ob ich mir vorstellen könnte wie lustig es wär wenn wir sie verpflanzten, irgendwohin anders, und alles am Ort bevölkerten mit grünen Männerchen an ihrer Statt? Ich könnte der grüne Chef sein bittesehr. Sie fühlten eine Zuneigung zu mir, eine richtige, sogar auch ein bissel eine Zärtlichkeit weil ich wär ihnen so ähnlich, nämlich großzügig, und tolerant, und im Kopf voll Ideen, und wenn ich wollt könnt ich ganz leicht lernen zu laufen wie sie auf sechs Füßchen; die Menschen, die blöden, um mich herum, verständ mich denn einer von denen wirklich, begriffen sie meine seelische Größe, verehrten sie mich wie ich's verdien? Ich müßte nur hinhören richtig und ich würde mitkriegen wie sie redeten über mich hinter meinem Rücken und mir nachsagten Böses und mich kritisierten auf die unfairste Weise. Sie aber, die grünen Männerchen, würden mich tragen auf Händen, auf so vielen Händen ich wollt; wie ihre Füßchen, so könnten sie auch vermehren die Zahl ihrer Hände, kein Problem. Und ob ich sie nicht mitnehmen möchte heut Abend zu dem großen Empfang von der Regierung, ich muß mich nicht sorgen, versichern sie mir, sie wüßten sich zu benehmen in der hohen Beamtenschaft und unter der Finanzaristokratie und der anderen Prominenz; sie könnten ja auch hingehen ohne mich, sie kämen schon durch den Personenschutz, aber mit mir wär's spaßiger. Und vielleicht, sagt mein Weib, träfen sie dort unter den Ministerialen und unter den Reichen und Prominenten ein paar bei welchen es ihnen noch besser behagt als bei dir, und dann wärst du sie los, und sie fragt mich, du willst sie doch loswerden, oder?

Und wie wir eintreffen, ich und mein Weib, in dem Prachtsaal in welchem sind an der Wand die großen Spiegel und auf den Sesseln der rote Plüsch ist da sogleich ein heimliches Leben um mich herum und ein Gezirp und Gewusel und ich seh die grünen Männerchen wie sie begaffen alles und jeden in der hohen Beamtenschaft und der Finanzaristokratie und der anderen Prominenz und sich schwingen auf die Tische auf welchen ist ausgerichtet das teure Buffet mit Speisen kalt und warm, und wie sie hüpfen auf die Teller auf welche die Gäste sich häufen Geräuchertes und Gegartes und Gesottenes und Gebratenes, und wie sie balancieren auf dem Rand von den Tellern so daß der hohen Beamtenschaft und der Finanzaristokratie und der Prominenz ganz grün wird vor den Augen, und wie sie klettern die Beine von den Damen hinauf bis wo es kitzelt so wohlig und wie sie schaukeln von Rockfalte zu Rockfalte, und wie sie dann hüpfen mit einem Satz auf die Schulter des Herrn mit welchem die Dame gerad konversiert und dabei annehmen Gesicht und Gestalt von den hohen Beamten und den Reichen und Prominenten auf welchen sie just herumturnen so daß es aussieht wie wenn jeder einzelne von den Herrschaften wäre geklont worden, nur eben in Grün und gehörig verkleinert.

Und ich sag zu meinem Weib, Kuck dir an die hochnoble Gesellschaft wie sie sich festhält an ihren Gläsern mit zitternder Hand und geradausblickt tapfer als wär nichts geschehen und manche versuchen sogar Konversation zu machen weil nämlich wer kann sich schon leisten von ihnen einzugestehen daß er sieht grüne Männerchen, so reich wie er ist oder sie und so prominent. Aber gleich sag ich, wird springen eine Dame auf den nächstbesten Stuhl und lüpfen ihren Rock und schreien, Grüne Männerchen! und ein Herr wird rufen, Hier auch! und es wird kommen der Personenschutz und anfangen zu jagen die grünen Männerchen und es wird geben eine Katastrophe.

Und mein Weib kuckt mich an und fragt was ich tun will und ich sag ihr, Weggehn, aber heimlich, und ich nehm sie bei der Hand und zieh sie hindurch zwischen den Ministerialen und den Reichen und Prominenten und dem Personenschutz welche stehn wie erstarrt, und hinaus aus dem Prachtsaal mit den großen Spiegeln an der Wand und dem roten Plüsch auf den Sesseln und raus ins Freie. Und wie wir draußen sind auf der Straße bemerk ich gleich die grünen Männerchen sind nicht mehr um mich herum mit ihrem Gezirp und Gewusel und wie wir ankommen zu Haus mit dem Taxi und drin sind durch die Tür geh ich gleich mich umkucken in allen Zimmern und in den Nebengelassen ob sie vielleicht doch da sind irgendwo aber ich seh keine und ich frag mein Weib ob sie denkt es wär möglich daß sie gefunden haben unter den Gästen auf dem Empfang welche an die sie sich auch hängen können und daß ich sie losgeworden bin, die grünen Männerchen, indem ich sie weitergegeben hab an ein paar von der hohen Beamtenschaft und der Finanzaristokratie und der anderen Prominenz so wie man loswird einen Schnupfen oder ein

Jucken oder sonst was indem man weitergibt seine Plage an gute Bekannte und Freunde.

Und mein Weib sagt sie hat immer gewußt meine Menschenliebe hält sich in Grenzen, und ich hab gesagt die Methode ist gar nicht von mir, leider, ein gewisser Mark Twain hat sie erfunden, und daß ich bin auch ein bissel traurig nämlich weil ich hätt mich irgendwie schon gewöhnt an das grüne Gezirp und Gewusel und würd es wahrscheinlich vermissen, aber solang ich ein Weib hätt wie sie welche kann zuhören mit Sympathie und mit Verständnis wenn ich hab wie es heißt eine nervliche Krise dann brauch ich die grünen Männerchen gar nicht.

Und plötzlich seh ich wie die Augen von meinem Weib ganz groß werden und rund und hör wie sie ruft, Ach sind die niedlich! und ich frag, Wer? und sie sagt, Die grünen Männerchen, wer sonst?

Eijze vom lieben Gott

Was ist das Wichtigste im Leben, fragt mein Weib.

Nu was? sag ich.

Das Wichtigste, sagt sie, sind die Beziehungen welche du hast mit den Menschen. Und besonders mit mir.

Da hast du recht, sag ich, wie immer.

Und immer verdirbst du dir deine Beziehungen mit den Menschen, und besonders mit mir, und dann hast du ein schlechtes Leben. Und wer hat die Schuld?

Nu wer? sag ich.

Du selbst, sagt sie. Wer sonst?

Und ich seh was sie meint und ich sag aber ich will doch immer das Gute und dann geht es schief und was ich soll machen bitteschön daß ich rauskomm aus diesem Dilemma und sie soll mir geben eine von ihren berühmten Eijzes.

Doch mein Weib sagt, Hörst du vielleicht wenn ich dir sag was du tun sollst wo du glaubst du bist selber so weise und ein so großer Chochem und kennst das Leben. Geh denk dir aus deine eignen Eijzes oder hol sie dir von jemand anders.

Und ich hab mich hingesetzt und nachgedacht wen ich kann fragen um Rat in meinem Dilemma, und ich hab durchgecheckt in meinem Kopf den Rabbi und ob er vielleicht tun wird ein Wunder für mich, und den Dr. Süssmilch welcher schon hat herumgespielt zwei- oder dreimal mit meiner Seele und meinem Gemüt, und die alte Frau Cohn in der Langen Gasse welche den Kräutertee kocht der so gut ist für meine Gedärme, und noch ein paar Schreiber und Professoren und solche Leute, aber alle haben sie gehabt ihre Mängel, und wie ich noch so hab gesessen und nachgedacht ist mir gekommen die Idee daß ich mich vielleicht wenden könnt auch gleich an die Quelle von allen Weisheiten, und hab meine Hände verschränkt und gekuckt direkt nach oben, und hab gesagt, Lieber Gott, ich will dir nicht reinreden in dein Geschäft aber ich steck in diesem

Dilemma und vielleicht kannst du mir geben eine Eijze. Die andern, an welche ich mich hinwenden könnte um Rat haben alle gehabt ihre Mängel, welches kommt daher daß sie denken mehr an sich selber wie an mich und haben nicht die Beziehungen zu mir welche man braucht um zu verstehen mein Dilemma, und nur du bleibst mir, lieber Gott, mir zu geben eine Eijze und mir herauszuhelfen aus meinem Dilemma.

Und wie ich noch dasitz und kuck nach oben und denk, wird er mir antworten, der liebe Gott, hör ich auf einmal ein Säuseln in den Lüften wie Flügelschläge von einem bunten Schmetterling und auf einmal wird mir so wohl ums Herz und ich hör wie der liebe Gott mich fragt ob ich ihm vielleicht könnt das Dilemma näher beschreiben welches mich plagt.

Mein Weib sagt, sag ich dem lieben Gott, daß ich mir meine Beziehungen zu den Menschen immer verderb und zu ihr und dann hab ich ein schlechtes Leben, und, sagt sie, es ist alles meine eigene Schuld; dabei will ich doch immer das Gute, lieber Gott, sag ich, und trotzdem mißglückt mir's; immer versuch ich, die Menschen zu verstehen, und besonders mein Weib, und zu tun, was ich glaub, daß sie erwarten von mir, denn ich will ja, daß ich geliebt werd von ihnen; aber immer passiert was, wie wenn die Küche nach Hering riecht, nachdem ich die Teller hab abgewaschen und Messer und Gabeln, oder wenn ich mein Weib, mein einziges, den ganzen Tag getröstet hab, nachdem sie ihre Handtasche hat liegen lassen in der Nachtbar mit all ihren Papieren drin und Westgeld dazu, aber den Anrufbeantworter nicht abgehört hab dann zu Haus, auf welchem die Barfrau hat angerufen und gesagt, daß sie die Tasche gefunden hat und diese aufbewahrt für mein Weib im Safe von der Nachtbar, und wer ist am Ende schuld, nicht mein Weib, welche hat liegen lassen ihre Tasche, sondern ich, weil ich vergessen hab, abzuhören den Anrufbeantworter.

Und das ist alles, mein Sohn? fragt der liebe Gott.

Nein, sag ich, leider nicht. Es vergeht nicht ein Tag, an welchem mir nicht was danebengerät wenn ich was red oder was tu, obwohl ich mich doch so gemüht hab ein so ein Guter zu sein, aber wenn ich anfangen wollt, lieber Gott, dir zu erzählen eins nach dem andern wär ich nicht fertig bis morgen früh, denn ich müßt zurückgehen Jahr um Jahr, bis wo wir gefahren sind damals nach Griechenland auf die Einladung von dem Herrn griechischen Botschafter in Berlin und sind bewirtet worden in einer schönen Villa am Strand von Attika, ich und mein Weib, und wo ich auch immer nur gehabt hab die besten Absichten mit was ich gesagt hab und getan und am Schluß doch dagestanden bin vor dem Herrn griechischen Botschafter wie ein Tolpatsch welcher nicht weiß sich zu benehmen.

Ich seh schon, sagt da der liebe Gott, du bist ein Problemfall.

Ich sag dir, lieber Gott, sag ich, es hat nicht gegeben einen solchen Problemfall seit du getestet hast deinen Knecht Hiob. Aber du siehst, lieber Gott, sag ich, ich hab Vertrauen zu dir wie Hiob auch hat gehabt seinerzeit, nur vielleicht kannst du mir geben eine bessere Eijze als du hast gegeben dem Hiob, damit mir nicht alles immer danebengerät mit den Menschen und besonders mit meinem Weibe?

Dann ist alles still eine Weile, und nichts

ist zu hören vom lieben Gott, und ich denk mir, vielleicht sitzt er da oben, der liebe Gott, und klärt und denkt nach. Doch dann hör ich wieder das Säuseln in den Lüften, wie Flügelschläge von einem bunten Schmetterling, und mir wird wieder so wohl ums Herz, und ich hör wie der liebe Gott sich räuspert und sagt, Ich werd dir geben eine Eijze, mein Sohn, welche besser ist als ich gegeben hab meinem Knecht Hiob. Vielleicht wenn du aufhören tätst, immer nur alles gut und richtig machen zu wollen und in bester Absicht für die Menschen und für dein Weib, und tätst nicht mehr so eifrig herumwakkeln mit deinem Steiß, immer muß alles gleich organisiert sein, und würdest lieber den Geist ein bissel entspannen mit welchem ich ausgestattet hab deinen Kopf, und würdest nicht immer versuchen den Menschen alles zuliebe zu tun sondern gäbst ihnen die Chance dir was zuliebe zu tun und tätest ein bissel warten bis dein Weib von selber zu dir kommt mit ihren Worten und ihren Vorschlägen, und dann erst wirst du aktiv und machst, aber auch nicht immer genau was dein Weib dir gesagt hat, sondern gerade soviel daß sie weiß du hast auf sie gehört, dann könnt's vielleicht besser werden und nicht immer würde dir alles danebengeraten, nur noch hier und da.

Und dann war er weg, der liebe Gott, bevor ich konnt sagen, Dankeschön, lieber Gott, für die Eijze, und ihm versichern, daß ich in der Zukunft mich würd richten danach, und ich hab mich umgedreht zu meinem Weib und hab ihr gesagt, daß alles würd besser werden mit mir in der Zukunft denn ich hätt meine Eijze bekommen von wo ist der Quell aller Weisheiten und dem Ursprung aller Chochmes und sie fragt, Von wem, bitte genau? Aber ich denk mir so genau werd ich ihr's lieber doch nicht sagen, ein Weib muß auch nicht immer alles wissen.

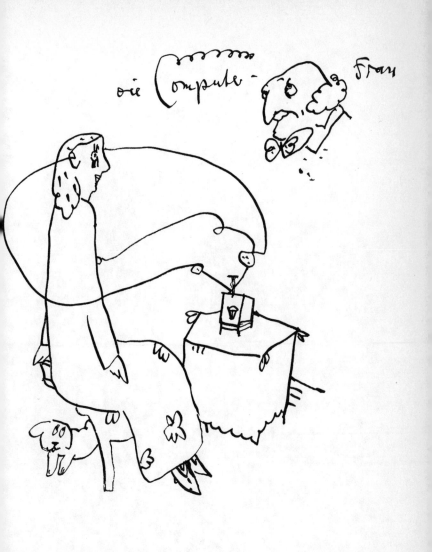

Die Computer-Frau

Wo wir hinfahren wollen Sie wissen? Ich werd
Ihnen erklären, Verehrter, wenn Sie möchten
hören; machen Sie bitte die Tür zu von dem Abteil es ist so lärmig im Gang von dem Waggon.

Nämlich es ist wegen meinem Weib. Sie hat
auch gehabt Momente wo sie war einsichtig
Gott sei gepriesen. Aber sonst bittesehr? Was
machen Sie, Verehrter, wenn Ihr Weib Ihnen sagt auf einmal, Marianne hat dich auch
schon gefragt was du verstehst unter menschlichen Beziehungen? Marianne ist die große
Dicke welche hat den kleinen spacken Dichter
das ist ihre Beziehung ihre menschliche. Oder
wenn Ihr Weib Ihnen sagt vor dem Frühstück
noch wie sie Sie findet unmöglich und nie mehr
wird sprechen mit Ihnen, dabei hab ich ihr immer abgelesen ihre Wünsche von ihren Augen
schwör ich und hab gedeckt den Tisch und ge-

kocht die Eier und was noch, aber sie sagt du wackelst nur mit dem Steiß sagt sie. Oder was machen Sie wenn Sie schon mal haben ein bissel Erfolg und Ihr Weib kuckt Sie an mit so einem Blick und lächelt und sagt, machst du ja nur um zu pflegen dein Ego.

Sollen Sie werden gewalttätig? Oder vielleicht Scheidung? Aber ich lieb sie doch Emmes und wahrhaftig. Manchmal sagt sie mir ich wüßt ja gar nicht was ist Liebe; aber ich sag wenn einer immer wieder erträgt den andern mit Geduld und mit Hingabe das ist Liebe, oder vielleicht nicht?

Also hab ich gewartet auf einen von ihren guten Momenten und wie ist gekommen der Moment hab ich gesagt zu meinem Weib daß ich muß reden mit ihr wie man sagt grundsätzlich und daß es nicht kann weitergehen so zwischen ihr und mir.

Und sie hat gesagt bloß weil sie mir hat geopfert ihr ganzes Leben ist noch kein Grund für mich zu denken daß sie wär verloren ohne mich, seelisch und überhaupt, weil ich nämlich so großartig nun auch wieder nicht bin, mit was ich hab in meinem Kopf und den andern Organen.

Und ich hab ihr gesagt daß ich ihr nicht gesagt hab daß ich will weg von ihr ich will nur haben ein bissel mehr was man nennt Ausgeglichenheit in unsern Beziehungen, unsern menschlichen, und daß ihre Gefühle ...

Und sie fällt mir in meine Worte und fragt, wieso ich red von ihren Gefühlen und daß sie nur reagiert auf meine Gefühle, und ich sag also gut, unsre Gefühle, und daß unsre Gefühle haben zuviel Hin und Her und Auf und Ab und Drunter und Drüber zu rasch aufeinander, und wie soll einer da immer lieb sein und geduldig mit ihr und wie sie's verdient wo sie ist so schön und so klug und hat eine Seele, auf alle jüdischen Kinder gesagt so eine Seele.

Und wie sie hat gehört solche Reden von mir hat sie gefragt wenn sie so schön ist und klug und hat eine Seele so eine wunderbare warum ich nicht besser einegh auf sie, ich wär doch der Mann und auch ein bissel älter und hätt die Erfahrung, und ich hab gesagt wie ich mich freu daß sie einsieht das wenigstens, aber sie hat umgedreht alles auf der Stell und gesagt, also wär ich schuld an dem ganzen Trabbel und dem Hin und Her und Auf und Ab und Drunter und Drüber, und ich müßt fixen unser Leben nämlich weil sie wär nur ein Weib, ein hilfloses.

Und ich hab gesagt genau das wollt ich bereden mit ihr und ich hätt beschafft aus dem Westen was man nennt einen Psychoschrittmacher Modell RCX 122-13 welcher ist ein Mini-Computer und flach wie eine Uhr aus der Schweiz welche man trägt am Gelenk von der Hand und auch nicht größer, Mikroelektronik, Sie wissen schon, Verehrter, und mit einer Batterie drin garantiert für acht Jahr und dazu noch zum Segen und zum Glück mit einen Fernregler mit welchem man kann zappen wie zuhaus bei unserm Televisor und hereinbringen über den Psychoschrittmacher in sein Gemüt verschiedene Stimmungen, aber nur gute und angenehme, weil nämlich der Psychoschrittmacher ist programmiert auf Harmonie, und ich hab auch schon geredet, sag ich meinem Weib, mit dem Professor Lepeczinsky welcher ist wie sie wird schon gehört haben eine Kapazität und er würd ihr einpflanzen mit Gottes Hilfe den Psychoschrittmacher dicht unter ihrem Nacken, nämlich damit er direkt kann wirken auf ihr Stammhirn, und es würd auch nur bleiben eine winzige Schwellung eine unbeträchtliche, welche würd machen daß ihr Nacken wird aussehen wie man sagt fraulich.

Und ich seh noch vor meinem geistigen Aug wie sie mich ankuckt mit so einem Ausdruck und fragt, Und warum nicht du?

Und wie ich hab zurückgefragt was soll heißen warum nicht du hat sie gesagt, Warum pflanzt der Professor Lepeczinsky nicht ein dein RCX-Ding bei dir so daß du hast unter deinem Nacken den Psychoschrittmacher und auch aussiehst fraulich? Und hab ich gesagt, Weil ich's nicht brauch, und hab sie gefragt wer macht hier das Auf und das Ab das seelische und das Hin und das Her und Drunter und Drüber und wer hat die Ausbrüche von dem Temperament sie oder ich und daß sie hat selber gesagt meine Seele hätt eine Haut wie ein Regenmantel von welchem abläuft alles.

Und sie hat gesagt, Ja, wenn du meinst …

Aber ist sie auch gewesen überzeugt? Sie wissen ja wie das ist mit den Weibern, Verehrter. Da glaubt man sie hätten gesagt Ja und Alawei und

Amen und plötzlich ist es wie gar nichts wär gewesen und sie fragen, Was, ich? Ich hätt gesagt Ja und Alawei und Amen? Wie denn? Wann denn? Und wieder fangen Sie an von vorn wie gut es würd sein zu haben einen Psychoschrittmacher RCX 122-13 für ihr Gemüt und für alles und die ganze Megille nochmal und nochmal, und dreimal hab ich müssen absagen dem Professor Lepeczinsky und er hat müssen verschieben seine Termine welches ist mir gewesen sehr peinlich, bis sie hat gesagt zu mir, aber ich mach's nur für dich und aus Liebe, und dann hat der Professor Lepeczinsky mir gesagt was für eine gute Patientin ist gewesen mein Weib und wie brav und geduldig und daß ich werd haben eine Freud an ihr, und hat mir gegeben in meine Hand den Fernregler.

Und ich hab gehabt ein großes Gefühl von Glück wie ich hab gedrückt zum ersten Mal auf den Fernregler, nämlich auf den grünen Knopf, und sich entspannt hat das Gesicht von meinem Weib alsbald und ist geworden ganz sanft und sie hat gehabt auf den Lippen so ein Lächeln ein liebes und ist gekommen zu mir und hat gesagt, Bei mir bist du schön, und ich hab ihr gegeben einen Kuß einen langen und hab gedankt dem lieben Gott und der modernen Wissenschaft welche hat hervorgebracht den Psychoschrittmacher RCX 122-13, und den Professor Lepeczinsky.

Und sind gewesen auf dem Fernregler zusammen zwölf Knöpf, in verschiedenen Farben, aber Sie dürfen nicht drücken zugleich auf mehrere Knöpf, sonst wird der Computer mewulwel und auch das Objekt; Objekt heißt in der Beschreibung von RCX 122-13 welche ist beigelegt worden von dem Macher von dem Computer die Person in welche man hat eingepflanzt den Psychoschrittmacher.

Und die Knöpf auf dem Fernregler leuchten im Dunkel damit Sie können erkennen die Farben von den Knöpfen auch nachts und nicht einstellen aus Versehen bei dem Objekt ein Gemüt ein unerwünschtes. Und nu werden Sie wollen wissen was Sie können machen aus Ihrem Objekt wenn Sie drücken die Farbe oder die; es ist ein Katalog drin am Ende von der Beschreibung, aber ein paar Knöpf kenn ich auswendig und kann Ihnen sagen mit Zartrosa kriegen Sie Ihr Weib zu werden wie man sich wünscht eine Hausfrau welche wirkt in Küche und Keller und stellt hin die Pantoffeln für den Gatten wenn dieser kommt nachhaus und welche denkt ständig was sie kann machen daß er sich wohlfühlt, und mit Orange gibt sie ihm Eijzes und teilt die Trabbels und Sorgen in seinem Kopf und hat ein Verständnis, ein großes, für ihn auch wenn er ist verbockt und verdaffket, und wenn Sie drücken auf purpurfarben wird das Objekt, so wahr ich hier sitz vor Ihnen in dem Abteil hier, zu einem Bündel von Sex und von Leidenschaften und hat dazu noch eine Phantasie, eine tolle.

Nu werden Sie sagen, Verehrter, ist ja alles okeh und Sie können sein rundrum zufrieden. Aber was, frag ich, machen Sie mit einem Weib welche zu Ihnen redet permanent mit Liebe und mit Kosenamen und nicht genug kriegen kann von Ihrer geschätzten Gegenwart und welche sich ständig verhält genau wie Sie's wünschen, nämlich ideal, und welche, wenn sie mal glitscht, Sie können korrigieren auf der Stell mit dem Fernregler von dem Psychoschrittmacher? Ich frag Sie, Verehrter, haben Sie nicht auch schon mal gespürt in Ihrem Innern das

Jucken welches geht bis in die Spitzen von Ihren Fingern und die Innenseiten von Ihren Knien wenn ein Mensch ständig versucht Ihre Wünsch Ihnen abzulesen von Ihren Augen?

Ja ich bin gewesen zufrieden mit meinem Weib, zufrieden ist gar kein Ausdruck, ich bin gewesen derart zufrieden daß die Zufriedenheit ist umgekippt plötzlich in so eine Hysterie wie ich hab gekannt bei meinem Weib in früheren Zeiten und ich hab zerschmissen den großen Spiegel im Badezimmer welchen sie grad hat geputzt zum zweiten Mal und bin herübergelaufen in was sie jetzt nennt unsern Salon und hab mir gekippt in die Gurgel zwei Glas Kognak und hab lauthals beschimpft und geschmäht und zum Teufel gewünscht mein armes Weib, mein computergesteuertes.

Aber denken Sie bloß nicht, Verehrter, daß sie ist geworden unwirsch oder hat zurückgeschimpft. Dasselbe Weib welche in früheren Zeiten mich hat gebracht zu was man nennt Weißglut mit ihren Launen, ihren unberechenbaren, und ihrer Unlogik, ihrer weiblichen, und ihren Behauptungen, ihren irrsinnigen, ist geblieben geduldig wie ein Engel von Gott. Sie hat mir zugeredet wie wenn sie wär meine Mutter und hat mich genommen in ihre Arme und hat mich gestreichelt und gesagt ich meint's ja nicht bös und daß sie mich liebhaben würd trotzdem und was immer ich schrei und mir alles verzeihn. Und am End ist es geworden so schlimm daß ich's nicht hab ausgehalten und hab genommen den Fernregler und hab gedrückt gleichzeitig auf alle zwölf Knöpf und dann hab ich geschmissen das Ding in den Müll.

Und nu sagen Sie, Verehrter, Sie wollen wissen was geworden ist aus meinem Weib? Haben Sie doch gesehen, sie ist nur eben mal rausgegangen aus dem Abteil die Nase pudern nehm ich an. Sie bringt mich zu Professor Lepeczinsky. Sie hat da beschafft aus dem Westen einen Mini-Computer flach wie eine Uhr aus der Schweiz welche man trägt am Gelenk von der Hand und auch nicht größer, Mikroelektronik, Sie wissen schon, aber das neue Modell, das verbesserte, RCX 122-14, und der Professor Lepeczinsky wird mir einpflanzen mit Gottes Hilfe den Psychoschrittmacher unter dem Nacken damit er kann wirken direkt auf mein Stamm-

hirn und es wird geben nur eine kleine Schwellung, eine unbeträchtliche, aber, wie schon hat
gesagt mein Weib seinerzeit, was tut man nicht
alles für die Liebe …

Immer sind die Weiber weg

*I*mmer sind die Weiber weg. Kennen Sie doch, mein Herr? Da gehen Sie spazieren, und die Erde unter Ihren Füßen ist Erde, richtig wohltuend, und Ihr Weib haben Sie neben sich, und die Bäume sprießen, und die Vögelchen tirilieren, und eine Luft ist das, zum Hineinbeißen, und gerade fangen Sie an, sich zu entspannen von dem Stress, und plötzlich ist das Weib weg. Sie drehen sich um, Sie kucken, sie ist nicht da. Wie wenn sie sich aufgelöst hat in nichts, ist sie weg. Es ist nicht das erste Mal, natürlich. X-mal haben Sie ihr gesagt, Liebste, haben Sie gesagt, bitte tu das nicht, wenn du irgendwohin willst sag's mir was kostet's dich wenn du sagst ich will dahin oder dorthin ich bin gleich wieder da, oder was Ähnliches, ich will dir ja keine Vorschriften machen, um Gottes willen, was du sagen sollst aber laß mich nicht immer stehen in der Mitte von Nirgends oder im Verkehr oder auf dem Aussichtsturm oder sonstwo, ich mach mir Sorgen, es ist doch wegen deiner es könnt dir ja auch was passiert sein.

Aber tut sie's? Verhält sich Ihr Weib auch so? Nein? Dann ist die Ihrige die Ausnahme und Ausnahmen bestätigen die Regel. Immer wenn ich mit Leuten red, Männern meine ich, sagen sie mir bei ihnen ist es genau wie bei mir und immer sind die Weiber weg. Und nie weiß man wann sie werden zurück sein, das ist das Schlimme. Sie können sich nicht einrichten und nicht festlegen auf was Festes, die Weiber, sonst könnt man ja gehen in ein Kaffeehaus und sich hinsetzen und Zeitung lesen inzwischen, oder in ein Geschäft und was besorgen, haben Sie nicht auch immer was zu besorgen, mein Herr, und nie kommt man dazu, aber nein, Sie müssen stehen bleiben an der Stelle wo das Weib sich in den Kopf gesetzt hat Sie stehen zu lassen sonst kommt sie zurück und Sie sind nicht da und verpassen sich mit ihr Gott behüte und wissen nicht ob Sie Ihr Weib je noch mal werden wiederfinden bei dem Verkehr heutzutage mit haufenweis Menschen und Autos überall.

Sind wir am Aeroport. Vorher hab ich gesagt zu meinem Weib wie ich mich geplagt hab
das ganze Jahr lang, und meine Nerven, nicht
mal meinen ärgsten Feinden wünsch ich solch
kaputte Nerven, machen wir Urlaub. Urlaub,
sagt sie, wo? In Bojberik, sag ich, wo sonst? Bojberik, sagt sie, immer willst du nach Bojberik.
Weil ich Bojberik kenne, sag ich; muß ich, in
meinen Jahren, noch gehen auf Expeditionen
wo ich nicht weiß wo ich bin? Italien, sagt sie.
Alle fahren jetzt nach Italien, die Landschaft,
und das Essen, und die Italiener sind dort, sehr
liebe Leute. Und die Mafia, sag ich, ist auch
dort.

Kurz und gut, mein Herr, Italien. Auf dem
Aeroport, wir sind schon durch die Kontrolle,
und im Dutyfree, natürlich müssen wir in den
Dutyfree, im Dutyfree ist alles, Scotch, und Par-
fums, und Uhren, und was nicht, und plötzlich
ist sie weg. Und ich hab es gewußt. Wie sie gesagt hat, wir gehen in den Dutyfree hab ich gewußt wieder wird sie weg sein. Also, ich steh
da, und ich weiß in ein paar Minuten werden
sie aufrufen für unsern Flug, und auf der Tafel wo's immer so blinkert wird es anfangen zu

blinkern wo die Nummer steht von unserm Flug, und wer wird nicht dasein? – mein Weib. Ich kuck mich um. Ich kuck mir die Leute an ob da vielleicht einer ist welcher aussieht wie wenn ich ihn fragen könnt, Entschuldigen Sie, guter Mann, oder liebe Dame, haben Sie vielleicht ein Weib gesehen, groß ist sie nicht und dick ist sie auch nicht, nicht direkt, aber rote Haare hat sie und so eine Nase, haben Sie nicht gesehen, was? Aber ich seh keinen welcher aussieht wie wenn ich ihn fragen könnt, nicht vertrauenerweckend oder so, und ich steh da allein mit meinen Nerven, meinen kaputten, und das Weib ist weg und ich weiß, sie hat kein Gefühl für Zeit, sie hat gar kein Gefühl wenn sie weg ist, was weiß ich was sie hat wo andre ihre Gefühle haben. Und ich weiß sie hat mir vorher gesagt, die Italiener fliegen sowieso nicht pünktlich, aber wie wenn sie heut eine Ausnahme machen, die Italiener, und sie fliegen pünktlich, Ausnahmen, wie Sie wissen, mein Herr, bestätigen die Regel.

Und dann blinkert es so an der Tafel und eine Stimme ruft über den ganzen Aeroport, Flug Soundso, Passengers please board, und wer nicht da ist ist mein Weib, und ich mit meinen Nerven werd immer nervöser, und ich lauf zu der Dame am Schalter, und ich sag, mein Weib ist weg Sie wissen ja, Fräulein, immer sind die Weiber weg, tun Sie mir die Liebe Sie haben doch Ihr Mikrophon da rufen Sie mein Weib damit sie zurückkommt zu mir. Und das Fräulein kuckt mich an und sie sieht wie mir der Schweiß rinnt von unterm Hut über das ganze Gesicht und wie verzweifelt ich auf sie blick und sie nimmt das Mikrophon und ruft aus den Namen von meinem Weib Vornamen und Nachnamen und dann noch eine Menge andres und die Leute drehen sich um nach mir und kucken was das ist für ein armer Mensch, und dann kommt sie gelaufen von irgendwoher, mein geliebtes Weib, und ganz außer Atem und fragt ob ich verrückt bin sie ausrufen zu lassen so laut und ich sag, es blinkert, und sie sagt, ja, es blinkert, aber nach Kairo, und sowieso fliegen die Italiener nie pünktlich.

Oder, ich erzähl Ihnen, im Kadewe. Kennen Sie das Kadewe, in Berlin? Es ist nicht das größte Kaufhaus aber man hat dort alles und was will mein Weib, sie will eine Handpuppe haben für das Enkelchen, wissen Sie, man steckt seine Hand hinein in die Puppe und dann bewegt sie sich, ach, Sie wissen, aber das Enkelchen, so ein liebes Kind, ich sag's Ihnen, aber es muß ausgerechnet haben eine Puppe welche ein Fuchs ist, das ganze Jahr hat es sich eine Puppe gewünscht welche ein Fuchs ist, und nun ist der Tag vor Weihnachten und mein Weib muß eine Puppe haben welche ein Fuchs ist, für das Enkelchen.

Also, wir laufen herum. Ich bin immer dafür man fragt damit die Leute einem sagen können, hier müssen Sie gehen oder da und damit man sich nicht verirrt. Aber mein Weib geniert sich zu fragen. Kuck auf die Wegweiser, sagt sie, überall sind Wegweiser auf welchen steht wo du hinwillst, Töpfe und Haushaltswaren, und Uhren, und Damenkostüme, brauchst bloß zu kukken. Aber wir wollen zu einer Handpuppe die ein Fuchs ist, sag ich, läßt du mich nun fragen oder nicht? Und plötzlich ist sie weg. Können Sie sich das vorstellen, mitten im Kadewe, am Tag vor Weihnachten, in dem Gewühl, wo alle hierhin rennen und dahin und kaufen und sich drängeln an der Kasse und die Rolltreppe geht immer nach unten wenn Sie wollen nach oben, und das Weib ist weg. Ich dreh mich um, ich verrenk mir den Hals, ich wink mit dem Arm damit sie mich finden kann in der Menge, und die Menschen stoßen mich an und sagen, was stehen Sie hier, Herr, sehen Sie nicht daß Sie im Weg stehn, und ich sag, sind Sie verheiratet? Und die Leute kucken mich an wie wenn ich wär meschugge, und ich sag, wenn Sie verheiratet wären Sie würden nicht so blöd fragen, nämlich dann würden Sie wissen, immer sind die Weiber weg. Und ich überleg mir, soll ich zum Direktorium gehen, ein so großes Kaufhaus wie das Kadewe muß doch haben ein Direktorium, und ich werd sie bitten im Direktorium ausrufen zu lassen den Namen von meinem Weib, Vornamen und Nachnamen, vielleicht kommt sie dann, aber sie wird Ärger machen, sie wird sagen, kannst du nicht Geduld haben und warten wenn du mich schon immer allein und im Stich läßt und was so Sprüche sind, und ich steh da in dem Gewühl am Tag vor Weihnachten und es wird mir heiß, ich bin auch nicht so gesund, müssen Sie wissen, obwohl ich nicht klage, mein Weib klagt immer, mein geliebtes, wie krank sie ist und daß ich schuld bin daran, warum hab ich kein Verständnis für sie, andere Männer haben Verständnis für ihre Frauen nur ich nicht.

Schließlich kommt sie. Und natürlich hat sie keine Handpuppe welche ein Fuchs ist, sie hat eine welche ein Affe ist und ich weiß das Enkelchen wird verziehen sein Gesicht und plärren weil es nicht weiß wie ich hab herumstehen müssen wegen der Puppe welche ein Fuchs ist, das Enkelchen hat schon jetzt einen Charakter wie mein Weib, mein geliebtes, man kann tun für sie was man will es nützt nichts, und immer ist sie weg.

Glauben Sie nicht ich jammere, mein Herr. Ich erzähl Ihnen was, eine Geschichte mit einer Pointe, Geschichten müssen haben eine Pointe sonst sind sie keine Geschichten. Also, ich komm nach Hause. Wenn man den ganzen Tag gearbeitet hat und sich herumgeschlagen hat mit lauter Widrigkeiten freut man sich auf zu Haus, das Weib begrüßt einen und es ist warm im Zimmer und von der Küche her riecht es nach einem heißen Süppchen und einer Scheibe Fleisch und einer Mandelspeise vielleicht.

Aber es ist kalt wie ich nach Haus komm, und dunkel, und von der Küche her riecht es nach gar nichts, und, Sie werden sich denken können, wieder ist das Weib weg.

Also mach ich Licht an, und die Heizung, wir haben Zentralheizung, Gott sei Dank, Gas, man muß nur anzünden, und ich kuck herum, sie kann doch nicht einfach weg sein, einfach so, ohne einen Zettel, bin zu Riekchen, oder Gehe einkaufen, oder ruf an bei Dagobert, bei dem ist sie manchmal, er tut mir immer so wohl sagt sie; unser gemeinsamer Freund Dagobert, Dr. med., macht mit der menschlichen Seele aber er ist auch was man nennt ein Chiropraktor und hilft mir und meinem Weibe mit den Wirbeln von unserm Rückgrat und den Gelenken von den Schultern, es knackt und dann ist der Schmerz weg. Aber kein Zettel wo ich auch hinkuck, auf der Truhe im Vorsaal, oder auf dem Tisch, oder auf ihrem Nähkästchen. Also ich setz mich hin. Nach einer Zeit wird mir langweilig; wenn Sie gewöhnt sind ein Weib ist im Hause, auch wenn sie ihren eigenen Kopf hat, es ist besser als gar nichts. Und jetzt ist es gar nichts. Ich hol mir einen Drink. Ich soll nicht

trinken, hat Dagobert mir gesagt, wegen der
Leber. Aber wenn ich alles nicht mach was ich
nicht machen soll was mach ich dann noch? Ich
mach mir ein Schinkenbrot, aber was ist das,
wenn einem der Sinn steht nach einem Süppchen, und nach meinem Weib, und ich werd
immer nervöser mit meiner Nervosität, wo ist
sie, immer ist sie weg, und man weiß nicht wann
und wie sie zurückkommt und in welchem Zustand und sorgt sich.

Dann, ich bin schon ganz verrückt und ich
überleg, soll ich zur Polizei gehen, sie kennen
mich auf der Polizei, weil ich mich immer be-
schwer wegen dem Gestank aus dem Gully, und
der Polizei sagen, mein Weib ist weg, vielleicht
lassen Sie sie suchen in der Stadt, man weiß nie
mit den Weibern, immer sind sie weg, aber es
kann ihr ja auch was passiert sein, ein Raub
oder ein Totschlag oder man hat sie gekid-
nappt; da läutet das Telephon.

Ich bin's, sagt sie. Wo bist du, sage ich. Ich?
sagt sie, ich bin bei Riekchen, und wir reden gerad so schön. Worüber redet ihr? frag ich und
ich spür wie mir mein Blut pocht in der Schläfe.
Nu, sagt sie, wir reden über die Welt, und auch

über dich. Kannst mir erzählen was ihr geredet habt über mich wenn du kommst nach Hause, sag ich, wann kommst du, übrigens? Weiß ich noch nicht, sagt sie, wann es so weit ist werd ich kommen. Und ich hör wie sie wartet am Telephon was ich werd sagen.

Und ich weiß nicht, soll ich explodieren oder ruhigbleiben, aber dann denk ich an unsern gemeinsamen Freund Dagobert bei welchem ich gewesen bin und mich konsultiert hab um eine Eijze was ich tun soll weil immer das Weib weg ist wenn sie sollt dasein. Und ich erinner mich wie er mir erzählt hat von den alten Germanen welche auch schon gehabt haben das gleiche Problem wie ich mit ihren Weibern und es gelöst haben mit List und mit Eleganz einfach indem sie die Weiber ernannt haben zu Hüterinnen des Herdfeuers, und die germanischen Weiber haben pusten müssen in die Asche alle Viertelstunden in ihrer Höhle damit das Feuer nicht ausgeht und die Höhle nicht kalt wird mitsamt dem Süppchen auf dem Herde und haben nicht mehr wegstreunen können wann's ihnen gepaßt hat.

Aber, hab ich gesagt zu Dagobert, wir haben

zuhaus einen Herd mit Knöpfen auf welche man drückt und Asche ist nur im Garten unter dem Grill. Und Dagobert hat mich angekuckt und hat gesagt, Nu, wenn du nicht ändern kannst dein Weib, änder dich selber.

Und so denk ich ich werd mich selber zu ändern versuchen vielleicht hilft's, und ich sag zu meinem Weib welche immer noch wartet bei Riekchen am Telephon, gut, sag ich, komm wann du willst solang du nur hast eine gute Zeit, ich geh schlafen. Und ich häng auf mit Spannung in meinen Nerven und voll Bangigkeit weil ich nicht weiß was wird sein, aber doch schon ein bissel leichter im Herzen.

Und was tut Gott? Nach einer Weile, einer kleinen, hör ich den Schlüssel im Schloß und ich renn zur Tür, ganz atemlos, und mein Weib steht da und kuckt mich an, und ich kuck sie an und ich seh sie denkt ich werd einschreien auf sie und verlangen zu wissen wie konntest du nur und was man so fragt wenn das Weib ist weggewesen urplötzlich und verschwunden, und sie hat schon aufgebaut ihre innere Abwehr, aber ich heb meine Hände nur und leg meine Arme um sie mit Zärtlichkeit, und wie ich seh daß sie

staunt und nicht weiß worauf ich hinauswill sag
ich zu ihr wie froh ich bin und sie lieb hab daß
sie gekommen ist noch rechtzeitig zu hüten
mein Herdfeuer.

Nachbemerkung

Das passiert Ihnen doch auch, daß Sie nicht wissen, was Sie Ihrem Weib geben sollen zum Geburtstag oder zu Weihnachten oder sonstwann, wenn es angebracht ist, sie zu erfreuen durch ein schönes Geschenk? Ein Halsband hat sie schon, und am Finger einen Ring, und weiß Gott genug Bücher im Regal, und bei Pullovern und Schals und Handschuhen weiß man nie, ob sie ihr passen werden, geschmacklich oder nach Größe und Farbe, und Schokolade geht nicht wegen der Diät, und Blümchen – ach, wie schnell welken die Blümchen!

Also hab ich mir gedacht, frag ich lieber gleich, damit ich keinen Fehler mach und alles bleibt in Harmonie, besonders an Geburts- und Feiertagen. Und mein Weib hat mich angekuckt mit ihrem ganz besonderen Blick, wie ich gesagt hab, Liebste, was möchtest du, daß ich dir schenk, und hat geantwortet, Schreib mir eine Geschichte.

Und so sind entstanden über die Jahre diese Geschichten, eine Art Privatliteratur, nur für mein Weib, und sie hat sie gesammelt und aufgehoben. Aber jetzt ist gekommen ein Verleger und hat erfahren, bei einem Glas Wein oder zwei, von der Sammlung, und hat was lesen wollen davon, und dann hat er gesagt, er will die Geschichten allesamt haben und drucken, und so ist ein Buch daraus geworden mit schönen Zeichnungen und buntem Einband bloß weil ich nicht gewußt hab was ich meiner Liebsten schenken soll zu ihrem Geburtstag und zu Feiertagen.

Worterklärungen

Babbe	Großmutter
Bocher	Talmudschüler, generell Junger Mann, Junge
Bojberik	Name des Orts in Scholem Alejchems Erzählungen, in dem die wohlhabenden Juden seines Schtettels ihren Sommeraufenthalt nehmen – von mir für meine Erzählungen gestohlen
Chanukka	Lichterfest, zur Feier des Sieges (Makkabäer-Aufstand) über Antichos IV. und die ihn unterstützenden hellenistischen Juden und zur Erinnerung an die Neuweihe des Jerusalemer Tempels im Jahre 165
Chochem	ein Weiser, manchmal auch mit ironischem Ton
Chochmes	Weisheiten
Chuppe	Brautbaldachin
Eijze	Ratschlag
Emmes	Wahrheit

Gannef, Pl. Ganoven	Dieb, Gauner
Gefillte Fisch	Fisch, kleingehäckselt, und in der Haut serviert
goyisch	nichtjüdisch
Goyim Naaches	Freuden der Nichtjuden
Goy, Pl. Goyim	Nichtjude
Kischkes	Innereien
koscher	nach jüdischem Religionsgesetz zubereitet
Masel	Glück
Megille	Schriftrolle, generell Erzählung
meschugge	verrückt
Meschuggener	Verrückter
Meschukkahs	Verrücktheit
mewulwel	durcheinander
nebbich	aus dem Mittelhochdeutschen: der Nebige, der neben dem Reiter hertrabende Fußsoldat, arm, bedauernswert
Nudnik	Dummkopf, verbohrter Mensch
Sejde	Großvater
Zores	Sorgen, Leiden